KB069725

좀머 씨 이야기

Die Geschichte
von Herrn Sommer

좀머 씨 이야기

파트리크 쥐스킨트 지음 장자크 상페 그림 유혜자 옮김

이 책은 실로 꿰매어 제본하는 정통적인 사철 방식으로 만들어졌습니다.
사철 방식으로 제본된 책은 오랫동안 보관해도 손상되지 않습니다.

오래전, 수년, 수십 년 전의 아주 오랜 옛날, 아직 나무 타기를 좋아하던 시절에 내 키는 겨우 1미터를 빠듯하게 넘겼고, 내 신발 사이즈는 170밀리미터였으며, 나는 훨훨 날아다닐 수 있을 만큼 몸이 가벼웠다. 정말 거짓말이 아니었다. 나는 그 무렵 정말로 날 수 있었다. 적어도 거의 그렇게까지 할 수 있을 것처럼 보였다. 아니 좀 더 솔직하게 말하자면, 그 당시 내가 진짜로 그럴 각오를 하고 제대로 실행에만 옮겼었더라면 실제로 몸을 날릴 수 있는 능력이 내게 있었던 것처럼 생각되었다……. 하마터면 그대로 날아 버렸을 뻔했던 적이 그 무렵 한 번 있었던 것을 아직도 생생하게 기억하고 있다. 학교에 입학한 후 처음 맞는 가을이었다. 하굣길에 바람이 엄청나게 많이 불어서 양팔을 옆으로 쭉 뻗지 않고서도 넘어지지 않았고, 스키 선수가 맞바람을 맞으며 자신의 몸을 버티듯이 그렇게 비스듬한 자세로 점점 더 비스듬하게 내 몸을 구부릴 수 있었다……. 그때 내가 바람을 뒤로 맞으며 학교 앞 동산의 초원을 가로질러 뛰어 내려왔을 때 — 우리 학교는 마을에서 떨어진 언덕 위에 자리하고 있었다 — 발을 조금만 힘차게 구르고, 팔을 양쪽으로 쭉 뻗기만 했더라면 내 몸은 바람을 타고 훨훨 날 수 있었을 것이다. 전혀 힘도 들이지 않고 2~3미터나 되도록 높게, 10미터 내지 12미터나 되도록 멀리 뛸 수 있었으니 말이다. 어쩌면 그렇게까지 멀리도 아니었고, 그렇게까지 높지 않았을지도 모른다. 그렇지만 그 따위가 무슨 큰 문제란 말인가! 어쨌든 나는 그때 날 수 있었고, 내가 만약 외투의 단추를 풀고 그것의 양 끝을 양 손으로 잡아 주기만 했더라면, 바람을 타고 둥둥 떠다닐 수 있어서 학교 앞 동산에서 언덕 아래에 있던 숲 위로 거침없이 훨훨 날아다니다가, 숲을 지나 우리 집이 있던 호숫가로 날아가서, 우리 집 정원 위에서 멋지게 한 바퀴 선회하면, 날아다니기에는 이미 몸이 너무 무거운 우리 아버지, 어머니, 누나, 형들이 깜짝 놀란 눈으로 나를 쳐다보는 모습을 볼 수도 있었을 테고, 다시 호수의 반대편 제방까지 날아가 점심 식사 시간에 늦지 않게 집에 도착하기 위해서 마침내 우아한 몸짓으로 착륙할 수도 있었을 것이다.

하지만 나는 그때 외투의 단추를 풀지 않았기 때문에 그렇게까지 높이 날아다닐 수는 없었다. 난다는 것에 대한 두려움 때문이 아니라 어디서 어떻게, 더 심각하게는 도대체 내가 다시 땅으로 내려올 수 있을 것인가를 알지 못했기 때

8

문이었다. 우리 집 앞뜰은 너무 딱딱했고, 정원은 너무 작았으며, 호수는 착륙하기에 너무 차가워 보였다. 정말로 몸을 띄우는 것은 전혀 문제될 것이 없었다. 하지만 어떻게 다시 내려올 것인가?

나무에 기어오르는 것도 그것과 비슷한 경우다. 위로 기어오르는 것은 하나도 문제될 게 없다. 눈으로 나뭇가지를 쳐다볼 수 있고, 손으로 만져 볼 수도 있으며, 잡고 올라가기 전에 그것이 얼마나 튼튼한지 시험해 보고 다리를 그 위로 걸쳐 올릴 수도 있다. 하지만 밑으로 내려올 때는 아무것도 보지 못하고, 한 발을 내려디디기 전에 거의 장님이나 마찬가지로 밑에 있는 가시덤불 사이를 발로 헤쳐 보아야만 한다. 대개의 경우 사람들이 그렇게 내려올 때 밑에 있는 가지는 튼튼하지 않고 썩어 있거나 미끄러워 사람들이 미끄러지거나 가지째 부러지며 떨어지기 일쑤다. 그리고 가지를 두 손으로 꽉 잡지 않으면 이탈리아의 과학자 갈릴레오 갈릴레이가 이미 400여 년 전에 발견하여 오늘날까지도 인정되고 있는 이른바 낙하 법칙에 의해서 사람은 마치 돌덩이처럼 바닥으로 굴러떨어지고 마는 것이다.

이제까지 경험한 것 중에서 가장 심하게 떨어졌던 경우는 역시 같은 해인 초등학교 1학년 때의 일이었다. 높이가 4.5미터였던 전나무에서 한 치의 어긋남도 없이 갈릴레이의 낙하 법칙대로 떨어졌다. 구체적으로 말하자면 낙하 거리는 가속도 곱하기 시간의 제곱을 한 것의 2분의 1이라는 법칙

$(s=1/2g \cdot t^2)$에 따라서 정확히 0.9578262초가 걸렸다. 대단히 짧은 시간이었다. 그것은 사람들이 스물하나에서 스물둘을 세려고 할 때 걸리는 시간보다도 짧았으며, 〈스물하나〉를 제대로 발음하는 데 걸리는 시간보다도 짧았다! 그 정도로 너무나 짧은 시간이어서 나는 팔을 옆으로 뻗을 수도 없었을 뿐만 아니라, 외투를 낙하산으로 이용하기 위해서 단추를 풀수도 없었고, 날 수 있으니 떨어질 이유가 없다는 그런 결정적 생각을 할 시간조차 없었다. 내가 떨어지고 있다는 사실을 느끼기도 전에, 갈릴레이의 제2법칙$(v=g \cdot t)$에 의해 최종 속도 시속 33킬로미터 이상으로 팔꿈치만큼 굵은 가지를 뒤통수로 부러뜨리면서 땅바닥에 나뒹굴며 떨어질 때까지의 0.9578262초 동안에 나는 정말 아무것도 할 수가 없었다. 그때 그런 모든 것을 일어나게 한 힘은 중력이었다. 그 힘은 지구의 깊숙한 곳에서 물체가 서로 뭉쳐 있도록 만들 뿐만 아니라, 물체가 크건 작건 간에 땅 위의 모든 것을 완력으로 잡아당기는 이상한 성질이 있었다. 다만 우리가 어머니의 배 속에 있거나, 잠수부가 되어 물속에 있을 때만 우리는 중력의 끈질긴 힘에서 벗어날 수 있을 뿐이다. 어쨌든 그런 기본 논리에 의해서 내 머리에는 떨어질 때 부딪쳐서 생긴 혹이 하나 있었다. 사실 혹은 불과 몇 주일이 지나자 이내 사라져버렸지만, 그 후로도 몇 년 동안 날씨가 바뀔 때나 특히 눈이 내릴 때면 혹이 있었던 바로 그 자리가 이상하게 근질근질한다거나 콕콕 찌르는 것같이 느껴졌다. 그리고 거의 40년이

지난 지금도 내 뒤통수는 믿을 만한 일기 예보기 노릇을 톡톡히 해서 나는 내일 비가 올지, 눈이 올지, 햇빛이 비칠지 아니면 폭풍이 휘몰아칠지에 대해서 기상 캐스터보다도 정확하게 말할 수 있게 되었다. 그리고 내가 최근에 겪고 있는 혼란스러움이나 집중력 부족도 따지고 보면 전나무에서 떨어질 때 생긴 후유증 때문이라고 생각된다. 그래서 나는 어떠한 주제에 계속 매달린다거나, 어떤 분명한 생각을 간단명료히 표현하는 것에 대해 어려움을 느끼고 있으며, 무슨 이야기를 해야만 할 때는 이야기의 실마리를 놓치지 않으려고 무진장 애를 쓰며 정신을 바짝 차려야만 한다. 만약 그렇게 하지 않으면 엉망진창이 되어 마지막에 가서는 내가 무슨 이야기를 시작했는지도 모를 정도가 되어 버리기 때문이다.

아직 나무 타기를 퍽 좋아했던 시절에, 사실 나는 매번 떨어지기만 했던 것은 아니고, 자주 나무를 탔으며 또 잘 탔다! 어떤 때는 밑동에 가지가 없어서 미끈한 줄기만을 잡고 올라가야만 되는 나무도 탔었고, 한 나무 위에서 다른 나무의 가지로 옮겨 가기도 했으며, 나무 꼭대기에 걸터앉을 수 있는 의자를 수도 없이 만들었을 뿐만 아니라, 한번은 숲 한가운데에서 지상 10미터의 높이에 창문과 바닥 그리고 천장이 있는 진짜 집을 직접 지었던 적도 있었다. 돌이켜 보면 유년기의 거의 모든 시절을 나는 나무 위에서 보냈던 것 같다. 빵도 먹고, 책도 보고, 글씨도 쓰고, 잠도 나무 위에서 잤다. 영어 단어도 그곳에서 익혔고, 라틴어의 불규칙 동사라든가 수학 공식 그리고 이미 언급한 바 있는 갈릴레오 갈릴레이의 낙하 법칙과 같은 물리학의 법칙들도 모두 다 나무 위에서 배웠다. 말이나 필기로 준비해야만 했던 숙제도 나무 위에서 했으며, 짜릿한 쾌감으로 잎사귀 위에 커다란 반원을 그리며 나무 위에서 오줌도 눴다.

　나무 위는 늘 조용하였으며 사람들의 방해를 받지 않았다. 듣기 싫은 엄마의 잔소리도 없었고, 형들의 심부름 명령도 그 위까지는 전달되지 않았으며, 단지 바람이 부는 소리와 잎사귀들이 바스락거리던 소리, 나무줄기가 약간 삐걱거리던 소리…… 그리고 먼 곳까지 훤히 내다볼 수 있는 탁 트인 시야가 있을 뿐이었다. 우리 집과 정원만 보였던 것이 아니라, 다른 집들과 정원들, 호수와 호수 뒤편으로 산자락까지 이어지던 들판 등을 볼 수 있었고, 저녁 무렵 해가 질 때면 땅에 있는 사람들의 눈에는 벌써 오래전에 져버렸을 해를 나는 나무 꼭대기에서 뒷산으로 넘어가는 모습까지 지켜볼 수 있었다. 날아다니는 것과 거의 다를 바가 없었다. 조금은 덜 모험적이고, 조금은 덜 우아하였을 수도 있지만 효과는 날아다니는 것과 거의 비슷하였다. 더구나 나는 차츰 나이를 먹게 되어 키가 118센티미터가 되었고, 몸무게는 23킬로그램이 되어서 바람이 제대로 불어 주고 외투의 단추를 풀어 젖힌 다음 그것을 양쪽으로 쫙 펼쳐 보아도 날기에는 이미 너무 무거운 형편이었다. 하지만 나무에 기어오르는 것만큼은 — 그때 내 생각으로는 — 평생토록 할 수 있을 것 같았다.

나이가 백이십 살이 되어도 할 수 있을 것 같았고, 꼬부랑 할아버지가 되어서도 느릅나무나 너도밤나무나 소나무의 꼭대기에 마치 늙은 원숭이처럼 높이 앉아서 바람결 따라 살살 몸을 움직이면서 들판과 호수와 그 뒤의 산 등을 쳐다보고 있을 수 있으리라고 생각하였다…….

그런데 내가 왜 여기서 지금 날아다니는 것이나 나무에 기어올랐다는 것 등을 얘기하고 있는 건가! 갈릴레오 갈릴레이의 낙하 법칙 따위를 들먹이고, 나를 종종 혼란스럽게 만드는 뒤통수의 일기 예보용 혹 등에 대해 종알대고 있을까! 그런 것들하고는 전혀 다른 좀머 아저씨의 이야기를 하려고 작정했으면서 말이다. 물론 그 이야기 속에는 내 인생의 여로와 몇 번 교차한 바 있는 인생길, 좀 더 정확히 말하자면 방랑길을 걸어간 한 이상한 인간만이 존재하기 때문에, 이야기가 정상적 이야깃거리가 되지는 못할 것이므로 그냥 가능한 것들만 적어 보려고 작정하지 않았던가? 하지만 내 이야기를 다시 한번 맨 처음부터 시작하는 것이 좋을 것 같다.

아직 나무 타기를 퍽 좋아하던 시절, 우리 동네인 호수 아랫마을이 아닌 다른 이웃 마을 그러니까 호수 윗마을에서 더 많은 시간을 보내면서, 살기는 우리 마을에서 살았던 어떤 사람이 있었다. 사실 따지고 보면 호수 윗마을과 아랫마을 그리고 그 밖의 다른 마을 간 경계가 분명하게 있었던 것은 아니었다. 다만 호수를 따라 한쪽에서 반대편 호숫가 쪽으로 뚜렷한 시작도 끝도 없이 정원과 집과 마당과 배들로 엮어진 가느다란 끈이 이어져 있는 형태였다……. 어쨌든 그런 동네에서 우리 집과 불과 2킬로미터도 떨어지지 않은 곳에 사람들이 〈좀머 씨〉라고 부르던 한 사람이 살고 있었다. 마을에서 좀머 아저씨의 이름을 제대로 아는 사람은 한 사람도 없었다. 이름이 페터 좀머인지 혹은 파울 좀머인지 아니면 하인리히 좀머인지 혹은 프란츠 크사버 좀머인지 알지 못했으며, 좀머 박사인지 혹은 좀머 교수인지 아니면 좀머 박사 교수인지도 모르는 채, 사람들은 그를 오직 〈좀머 씨〉라는 이름만으로 알고 있었다. 좀머 아저씨의 직업이 무엇인지 아니면 무슨 직업을 가지고 있었는지 혹은 과거에 직업을 가지고 있기는 했었는지 전혀 아는 사람이 없었다. 사람들은 다만 좀머 아저씨 부인이 돈을 벌고, 그것도 인형을 만드는 일로 번다는 것만 알고 있었다. 그날이 그날같이 그 아줌마는 세를 들고 있던 페인트칠장이 슈탕엘마이어 씨의 집 지하실에 앉아서 양모와 옷감, 톱밥 등으로 작은 인형들을 만들어서 1주일에 한 번씩 그것들을 큰 소포로 포장하여 우체국에 가서 부쳐 주곤 하였다. 우체국에서 돌아올 때면 언제나 똑같이 잡화상, 빵집, 정육점, 야채상을 차례차례 들러 터질 만큼 잔뜩 집어넣은 시장바구니 네 개를 들고 집으로 돌아가 1주일 내내 집 밖으로 나오지도 않고 인형만 만들었다. 좀머 아저씨네가 어디에서 왔는지도 사람들은 몰랐다. 언젠가 그들은 — 아줌마는 버스를 타고 아저씨는 걸어서 — 왔다. 그리고 그 후부터 줄곧 그곳에서 살았다. 자식도 없었고, 친척도 없었으며, 찾아오는 손님도 없었다.

사람들이 좀머 아저씨네에 대해서 특히 〈좀머 씨〉에 대해서 거의 아무것도 아는 것이 없었지만, 사실은 이 근방에서 사람들이 제일 많이 〈좀머 씨〉를 알고 있으리라는 주장에는 충분한 근거가 있었다. 호수를 중심으로 사방으로 적어도 60킬로미터 내에서는 남자든 여자든 아이든 심지어 개까지도 늘 걸어 다니기만 했던 좀머 아저씨를 모르는 사람은 없었다. 이른 아침 일찍부터 저녁 늦게까지 좀머 아저씨는 그 근방을 걸어 다녔다. 걸어 다니지 않고 지나는 날은 1년에 단 하루도 없었다. 눈이 오거나, 진눈깨비가 내리거나, 폭풍이 휘몰아치거나, 비가 억수로 오거나, 햇볕이 너무 뜨겁거나, 태풍이 휘몰아치더라도 좀머 아저씨는 줄기차게 걸어 다녔다. 바다에 쳐놓은 그물을 거두려고 새벽 4시에 배를 타고 일을 나가던 어부들이 해가 뜨기도 전에 집을 나서던 그를 만나기가 일쑤였다고 한다. 그렇게 나간 그는 달이 하늘 높이 떠 있는 늦은 밤에야 집으로 돌아오곤 하였다. 돌아올 때쯤 그가 하루 종일 걸어 다닌 길은 엄청난 거리가 되었다. 호수 주변을 한 바퀴 돌면 약 40킬로미터쯤 되었는데 그 거리를 하루에 걷는 것은 그에게 별로 어려운 일이 아니었다. 하루에 두세 번 군청 소재지까지 갔다 오기도 하였는데 그러면 갈 때 10킬로미터, 올 때 10킬로미터나 되는 거리가 좀머 아저씨에게는 아무 문젯거리도 되지 않았던 것이다! 우리가 아침 8시에 여전히 잠에서 덜 깬 모습으로 학교에 갈 때면 벌써 몇 시간 전부터 걸어 다니고 있는 기운찬 모습의 그와 종종 마주칠 수 있었다. 점심때쯤 지친 발걸음으로 집을 향해 돌아갈 때면 어느새 그가 나타나 활발한 걸음으로 우리들을 앞서서 걸어가곤 하였다. 그리고 잠자리에 들기 전에 창문 밖을 쳐다보면 호숫가에 그의 깡마른 모습이 그림자처럼 나타나 서둘러 앞으로 걸어가고 있는 것을 나는 볼 수 있었다.

그는 쉽게 식별되는 사람이었다. 거리가 아무리 멀어도 다른 사람과 전혀 혼동되지 않았다. 겨울이면 그는 검은색에 폭이 지나치게 넓고 길며 이상하게 뻣뻣해서 걸음을 옮길 때마다 너무 큰 무슨 껍질처럼 그의 몸을 감싸던 외투를 입고 지냈다. 그리고 신발은 고무장화를 신었고, 대머리 위로는 빨간색 털모자를 쓰고 다녔다. 여름에는 — 좀머 아저씨의 여름은 3월 초부터 10월 말까지여서 1년 가운데 가장 긴 기간이었는데 — 까만색 천으로 띠를 두른 납작한 밀짚모자를 쓰고 다녔고, 캐러멜색 리넨 셔츠와 캐러멜색 반바지를 입고 다녔다. 그럴 때면 바지 밑으로 힘줄과 울퉁불퉁한 혈관만이 드러나 보이는 억세고 긴 다리가, 우악스러운 등산화 속에 가려진 부위를 제외하고는, 우스꽝스럽도록 가는 모습을 드러내 보이곤 하였다. 3월에 다리는 눈이 부시도록 흰빛이었고, 울퉁불퉁한 혈관들은 샛강이 많은 푸른색 강줄기의 모습처럼 그 모습을 적나라하게 드러냈다. 하지만 불과 몇 주일

만 지나면 다리는 꿀과 같은 색으로 변하였고, 7월에는 셔츠나 바지처럼 캐러멜 밤색으로 변하여 빛을 발하였다. 그리고 가을에는 피부가 햇볕과 바람과 일기 변화로 인해 짙은 밤색으로 변해서 혈관이나 힘줄이나 근육질이 전혀 구별되지 않았고, 다리는 마치 껍질이 벗겨진 호두나무의 울퉁불퉁한 나뭇가지처럼 보였다. 그러다가 그것들은 11월이 되면 긴 바지와 긴 검은색 외투로 가려져서 사람들의 시선을 멀리한 채 이듬해 봄까지 원래 색깔인 치즈빛 흰색으로 탈색되어 가곤 했다.

두 가지 물건만은 좀머 아저씨가 여름이나 겨울이나 상관없이 항상 가지고 다녔다. 그것들을 가지고 있지 않은 그를 본 사람은 일찍이 아무도 없었다. 그중 하나는 지팡이였고, 다른 하나는 배낭이었다. 지팡이는 단순히 일반적인 산책용 지팡이가 아니라 길쭉하고 약간 구부러진 호두나무 가지로 크기가 아저씨의 어깨를 넘겼고, 아저씨에게 제3의 다리 역할을 해냈다. 그것의 도움이 없었더라면 그렇게 엄청나게 빠른 속도를 낼 수도 없었을 테고, 보통 사람들이 걷는 것보다 몇 배에 달하는 그렇게 먼 거리를 걸어 다닐 수도 없었을 것이다. 발자국을 세 번 옮길 때마다 그는 오른손으로 쥐고 있던 지팡이를 앞쪽으로 밀면서, 그것으로 땅을 찍으며 온 힘을 다해 몸을 앞쪽으로 쭉 밀어내곤 했다. 그런데 그런 모습을 보고 있노라면 마치 원래의 두 다리는 단지 몸을 앞으로 밀어내기 위한 수단으로서만 존재할 뿐이고, 앞으로 나아갈

수 있는 원천적 힘은 오른손으로부터 나와서 지팡이를 통하여 땅에까지 그 영향력을 발휘하는 것처럼 보였다. 대개의 나룻배들이 배의 몸체를 장대로 밀어서 물 위로 밀어내는 것과 같은 논리였다. 배낭은 늘 텅 비어 있었다. 사실 그 안에는, 사람들에게 알려진 바대로라면 그가 먹을 버터 빵 한 쪽과 밖에서 갑자기 비를 만나면 입을, 모자가 달린 우비가 접힌 채 있을 뿐이어서 거의 비어 있는 것이나 다름없었다.

그런데 정작 그가 어디를 그렇게 다니는 것인지? 그러한 끝없는 방랑의 목적지가 어디인지? 그리고 무엇 때문에 그가 그렇게 잰걸음으로 하루에 열둘, 열넷 혹은 열여섯 시간까지 근방을 헤매고 다니는지, 아무도 아는 사람이 없었다.

좀머 아저씨가 우리 마을로 이사 와서 정착했던 전쟁 직후에는 사람들이 전부 배낭을 메고 다녔기 때문에 아무에게도 그의 그런 행동이 이상해 보이지 않았다. 휘발유도 없었고, 자동차도 없었으며, 하루에 딱 한 번만 버스가 운행되었고, 땔감도 없었으며, 먹을 것도 없었기 때문에 어디를 가서 달걀 몇 개를 구해 온다거나 밀가루와 감자 혹은 석탄을 1킬로그램쯤 가져온다거나 하다못해 편지지나 면도날을 구하러 가야만 했을 때도 몇 시간이든 걸어서 갔다가, 구한 물건들을 손수레에 싣거나, 배낭에 짊어지고 집으로 운반해 오곤 했었다. 하지만 그로부터 불과 몇 년이 지난 다음에는 필요한 물건들을 모두 마을 안에서 살 수 있게 되었고, 석탄은 배달이 되었으며, 버스는 하루에 다섯 번씩 운행하였다. 그리

고 다시 몇 년이 지나자 정육점 주인이 자가용을 굴렸고, 다음에는 시장이 차를 샀고, 그다음에는 치과 의사가 샀다. 그리고 페인트칠장이인 슈탕엘마이어 씨는 큰 오토바이를 사서 타고 다녔고, 그의 아들도 작은 오토바이를 타고 다녔으며, 버스는 그래도 여전히 하루에 세 번은 다녔다. 그래서 무슨 볼일이 있다거나, 여권을 갱신해야만 되는 등의 할 일이 있더라도 네 시간이나 걸어서 군청 소재지까지 갔다 오려고 하는 사람은 아무도 없었다. 좀머 아저씨 말고는 아무도 없었던 것이다. 아저씨만은 예전과 다름없이 걸어서 다녔다. 아침 일찍이 배낭을 짊어지고 지팡이를 손에 쥔 다음 서둘러 집을 떠나서 들판과 초원을 지나 크고 작은 길을 걸으며 호수 주위에 있던 숲을 지나서 시내로 갔다가 돌아오기도 하고, 이 마을에서 저 마을로…… 늦은 저녁까지 사방을 쏘다녔다.

이상한 일은 그에게 아무런 볼일이 없다는 것이었다. 아무것도 들고 가지 않았으며, 아무것도 사지 않았다. 배낭은 버터 빵과 우비를 빼고는 늘 비어 있었다. 우체국에 가는 일도 없고, 군청에 가는 일도 없이, 모든 일은 자기 부인에게 다 일임하였다. 누구를 방문하는 적도 없고, 어디로 가서 잠시라도 머무는 일도 없었다. 시내로 가면 무엇으로 요기한다거나, 최소한 목이라도 축이려고 어디든 들어가는 일도 없었고, 정말로 그는 벤치에 단 몇 분이라도 앉아서 쉬지도 않은 채 그대로 선 자세로 돌아서서 집이나 어디 다른 곳을 향해 다시 걸었다. 사람들이 그에게 어디에서 오는 중인지 묻는다거나 어디를 가느냐고 물으면 그는 마치 콧잔등에 파리라도 앉아 있는 것처럼 마지못해 고개를 가로저으면서 뭐라고 혼잣말을 중얼거리곤 하였는데, 그 말은 불과 몇 마디를 제외하고는 전혀 알아들을 수 없는 말들이었다. 예를 들자면, 〈…… 아주바빠서이제학교 뒷산을올라갔다가…… 호수를빨리빨리지나서…… 오늘아직시내에도꼭가보아야하고…… 너무바빠지금당장너무바빠시간이없어……〉, 그렇게 말해 놓고는, 사람들이 그게 무슨 말이냐고 어디를 간다고 했느냐고 반문이라도 할라치면 그는 어느새 지팡이의 직직 끌리는 소리를 앞세우며 그 자리에서 멀리 사라져 버리곤 하였다.

좀머 아저씨가 분명하고 확실하며 오해의 소지가 없는 제대로 된 문장을 말하는 소리를 나는 딱 한 번 들었다. 나는 그 말을 결코 잊을 수가 없었고, 아직도 그 말은 내 귓가에 생생하다. 7월 말 날씨가 지독히도 나빴던 어느 일요일 오후의 일이었다. 사실 그날 날씨는 처음에는 무척 좋아서 하늘에 구름 한 점도 없이 화창했다. 낮에는 날씨가 너무 더워서 레몬을 띄운 냉차나 마시면 딱 좋을 날씨였다. 그날은 마침 일요일이라서 나는 일요일이면 종종 그랬듯이 아버지의 손에 이끌려 경마장에 갔다. 그 무렵 아버지는 일요일마다 경마장을 찾았다. 하지만 돈을 걸기 위해서 그랬던 것이 아니라 ― 그 점을 난 분명히 언급해 두고 싶다 ― 다만 열광적

인 애호가였기 때문이었다. 당신께서는 평생 한 번도 말을 타본 적이 없었지만 열광적인 말 애호가였으며 말 전문가이기도 했다. 아버지는 예를 들어서 1869년 이후 독일의 더비 경마 대회에서 우승한 말의 이름을 연도 순서를 거꾸로 하거나 혹은 바로 해서 줄줄이 외울 수 있었고, 영국의 더비 경마 대회에서 우승한 말들도 다 알고 있었으며, 1910년 이후 프랑스의 〈개선문 상〉 대회에서 있었던 중요한 시합의 우승자들도 다 알고 있었다. 또 아버지는 어떤 말이 질퍽한 땅을 좋아하고, 어떤 말이 마른 땅을 좋아하는지도 알았고, 늙은 말들이 왜 장애물을 넘는지와 어린 말들이 1.6킬로미터 이상은 절대로 달리지 못한다는 것 외에 경마의 기수 몸무게가 얼마라는 것도 알았고, 말 주인의 부인이 왜 빨강과 초록 그리고 황금 색깔로 된 매듭을 모자에 둘렀는지도 알았다. 말에 관련된 책들은 소장한 숫자가 500권을 넘었고, 말년에는 말 — 정확히 따지자면 한 필이라고 치기에는 좀 엉성한 — 을 샀는데, 그 값을 6,000마르크나 치러서 어머니를 깜짝 놀라게 만들기도 하였다. 그 말을 산 이유는 단지 경마 때 그 말을 그것의 고유한 특성대로 달릴 수 있게 하기 위한 것이었다고 들었는데, 거기에 관해서는 다음 기회에 좀 더 자세하게 밝히기로 하겠다.

아무튼 우리는 경마장에 갔었다. 늦은 오후에 집으로 돌아올 때만 해도 날씨는 여전히 뜨거웠고, 어쩌면 한낮보다도 더 뜨겁고 푹푹 찌는 듯했다. 하지만 하늘에는 이미 얇은 막

같은 것이 쳐진 상태였다. 서쪽에는 짙은 회색 구름이 진노랑 띠를 두른 채 덮여 있던 것도 보였다. 출발한 지 15분쯤 지나자 갑자기 엄습해 온 구름 때문에 시야가 완전히 가려지고, 음산한 그림자가 땅을 뒤덮었기 때문에 자동차의 라이트를 켜야만 했다. 곧바로 산자락에서 돌풍이 휘몰아쳐 내려오더니 주변의 넓은 옥수수밭을 휘감고 지나갔다. 그것은 마치 들판을 빗질하는 모습처럼 보였고, 잔풀 더미들을 뒤흔들며 위협하는 모습 같기도 하였다. 그때 거의 동시에 빗방울이 떨어지기 시작하였다. 아니, 빗방울이라기보다는 처음부터 포도송이만큼 큰 물방울이 아스팔트의 이곳저곳과 자동차의 보닛과 앞 유리창에 사정없이 내리꽂히며 부서져 내렸다. 그렇게 엄청난 일기 변화가 시작되었다. 나중에 신문에는 그렇게 지독히 나쁜 날씨는 우리 마을 근방에서 22년 만에 처음 일어난 일이었다는 기사가 실렸다. 그 기사의 진위는 당시 내가 겨우 일곱 살이어서 알 수는 없었지만 그런 나쁜 날씨는 내 평생 다시없을 거라는 것만은 장담할 수 있을 것 같았다. 더구나 자동차 안에서 그런 상황을 겪을 일은 절대로 없을 것 같았다. 빗줄기는 더 이상 방울방울 떨어지지 않았고 하늘에서 억수같이 쏟아져 내렸다. 금방 도로에는 물이 철철 흘러 넘쳤다. 자동차는 마치 고랑을 치듯이 물속을 가로질렀고, 양쪽으로는 물이 분수처럼 높이 솟아올라서 마치 물로 벽을 만드는 것처럼 보였고, 와이퍼가 부지런히 왔다 갔다 하기는 했지만 앞 유리창을 통해 본 밖의 풍경은 투명한 물속을 들여다보는 것 같았다.

날씨는 그래도 여전히 더 사나워지기만 했다. 빗줄기는 차츰 우박으로 변했고, 그 변화를 눈으로 확인하기도 전에, 귀에 들려오는 소리가 후드득후드득 떨어지는 더 요란한 소리로 변해서 그것을 느낌으로 먼저 알 수 있을 정도였다. 바깥 공기가 무척 쌀쌀하였고, 찬 공기가 차 안으로까지 몰아쳐서 안에서도 한기가 느껴졌다. 우박은 처음에는 바늘귀만큼 정도로 보이다가 금방 콩알만 하게 커졌고 다음에는 돌멩이만큼 커지다가 마침내는 만질만질한 흰 공처럼 변해서 내려오다가 보닛 위에서 위쪽으로 다시 튀어 오르곤 하였다. 그 떨어지는 모습이 너무 뒤죽박죽이고 요란스러워서 어지럼증을 느낄 정도였다. 단 1미터만이라도 앞으로 나가는 것이 불가능했다. 아버지는 차를 길가에 세웠다. 사실 길이란 길은 하나도 보이지 않았고 길가는 더욱이 알 수가 없었으며 들판이나 혹은 나무 한 그루도 볼 수가 없었으니 길가라는 표현이 합당한 것은 아니었다. 겨우 2미터 앞까지만 내다볼 수 있었고, 그 2미터 안에서 우리가 볼 수 있었던 것이라고는 허공에서 이리저리 흔들리면서 요란한 소리를 내며 자동차 몸체 위에서 부서져 내리던 당구공같이 생긴 수백만 개의 얼음덩이뿐이었다. 자동차 안에서도 소음이 너무나 컸기 때문에 우리는 상대방이 하는 말을 알아듣지 못할 정도였다. 마치 어떤 거인이 마구 두드려 대는 큰 팀파니 통 속에 앉아 있는 느낌이었고, 그저 서로의 얼굴을 쳐다볼 뿐, 추위에 떨면서 침묵을 지킨 채 우리를 보호해 주고 있는 안식처가 부서지지 않기를 간절히 빌었다.

얼마 후 날씨가 갑자기 아무 일도 없었던 것처럼 조용해졌다. 우박이 그쳤고, 바람도 잠잠해졌다. 단지 조용한 이슬비만이 부슬부슬 내렸다. 돌풍이 휘젓고 간 길옆의 옥수수밭에는 옥수수들이 바람에 짓밟힌 채 쓰러져 있었다. 그 뒤로 보이던 밀밭에는 밀이 줄기만을 앙상한 모습으로 드러내 놓고 있었다. 떨어지며 부서진 우박, 마구 찢겨진 채 떨어진 나뭇잎, 나뭇가지와 이삭들이 도로에 수북이 쌓여 있는 것을 시야가 닿는 끝까지 볼 수 있었다. 그리고 나는 이슬비의 엷은 막 사이로 길 끄트머리쯤에서 앞으로 걸어가고 있는 한 사람의 형체를 보았다. 내가 그것을 아버지에게 말씀드렸고, 우리는 우리와 얼마 떨어지지 않은 곳에 있던 그 사람을 함께 쳐다보았다. 사방의 모든 것이 짓이겨지고 흩어진 채 뒹구는 그런 우박 난리를 치른 다음인데도 그런대로 반듯이 걷는다는 것과 그런 데서 혼자 걷는다는 것이 우리에게는 마치 기적이 일어나고 있는 것처럼 여겨졌다. 우리는 우박으로 쌓인 것들을 헤치며 자동차를 몰았다. 그 사람의 곁으로 다가갔을 때, 난 짧은 바지와 비에 맞아 번들거리는 울퉁불퉁한 긴 다리와 배낭처럼 보이는 것이 착 달라붙어 있는 검은색 우비를 입은 좀머 아저씨의 잰걸음을 알아볼 수 있었다.

우리는 그를 앞질러 갔고, 나는 아버지가 시키는 대로 창문을 내렸다. 밖의 공기는 몹시 차가웠다.

「좀머 씨!」

아버지가 큰 소리로 불렀다.

「차에 타세요! 태워다 드리겠습니다!」

나는 자리를 양보해 드리려고 얼른 뒷자리로 옮겨 앉았다. 그러나 아저씨는 아무런 대답도 하지 않았다. 잠깐 멈춰 서지도 않았다. 곁눈으로 우리를 슬쩍 훔쳐보는 것 같지도 않았다. 호두나무 지팡이로 몸을 앞으로 밀어내면서 잰걸음으로 우박이 떨어진 길을 계속해서 걷기만 했다. 아버지는 그의 뒤를 따랐다.

「좀머 씨!」

열린 창문을 통해 아버지가 다시 외쳤다.

「어서 타시라니까요! 날씨도 이런데! 집으로 모셔다 드리겠습니다!」

그래도 아저씨는 아무런 반응을 보이지 않았다. 지칠 줄 모르고 앞으로 걷기만 할 뿐. 내가 언뜻 보기에는 입을 실룩거리면서 이해하기 어려운 무슨 대답인가를 하는 것 같기도 하였다. 하지만 아무 소리도 들리지는 않았다. 어쩌면 그의 입술이 추위 때문에 잠시 떨렸을 수도 있는 일이었다. 아버지는 계속 좀머 아저씨 곁으로 바짝 붙어서 차를 몰면서, 오른쪽으로 몸을 기울여 차의 앞문을 열고 다시 소리쳤다.

「어서 타시라니까요, 글쎄! 몸이 흠뻑 젖으셨잖아요! 그러다가 죽겠어요!」

그런데 〈그러다가 죽겠어요〉라는 표현은 우리 아버지의

언어 습관에는 전혀 어울리지 않는 말이었다. 나는 한 번도 아버지가 다른 사람에게 진심으로 〈그러다가 죽겠어요〉라는 말을 하는 것을 들어 본 적이 없었다. 〈그런 말은 틀에 박힌 빈말이다〉라고, 아버지는 우연히 〈그러다가 죽겠어요〉라는 말을 듣거나 읽을 때면 우리에게 그렇게 설명하곤 했다.

「틀에 박힌 빈말이라는 것은 — 너희들도 기억해 두는 것이 좋을 거야 — 어중이떠중이 입이나 펜으로 수도 없이 많이 사용했던 말이라서, 그 말 자체로는 아무런 의미도 없는 거야. 실제로 그렇단다.」

그런 말을 우리에게 할 때 아버지는 대개 좀 흥분한 상태였기 때문에 이렇게 덧붙이곤 했다.

「그런 것들은 〈차를 한잔하세요. 그러는 게 몸에 좋을 거예요〉라든가 〈의사 선생님, 환자의 상태가 어떤가요? 환자가 이겨 낼 수 있을까요?〉 등의 말들처럼 아무 의미도 없는 쓸데없는 말들이야. 그런 말들은 인간의 삶에서 만들어진 말들이 아니라, 질 나쁜 소설이나 터무니없는 미국 영화에서 생겨난 말들이니까 그런 말들은 똑똑히 기억해 두거라!」

그래서 〈그러다가 죽겠어요〉라는 따위의 말들을 아버지는 전혀 사용하지 않았다. 그런데 우박이 떨어진 도로에 이슬비가 내리던 날, 좀머 아저씨 옆으로 차를 몰면서 그런 틀에 박힌 빈말을 아버지가 열린 창문을 통해 큰 소리로 외쳤던 것이다.

「그러다가 죽겠어요!」

그 말에 아저씨가 우뚝 섰다. 내가 보기에 그는 바로 〈죽겠어요〉라는 말에서 뻣뻣하게 굳어지며 멈춰 서는 것 같았다. 그것도 너무 갑작스럽게 멈춰서 아버지는 그의 옆을 지나치지 않으려고 급브레이크를 밟아야만 했다. 아저씨는 오른손에 쥐고 있던 호두나무 지팡이를 왼손으로 바꿔 쥐고는 우리 쪽을 쳐다보고 아주 고집스러우면서도 절망적인 몸짓으로 지팡이를 여러 번 땅에 내려치면서 크고 분명한 어조로 이렇게 말했다.

「그러니 제발 나를 좀 그냥 놔두시오!」

그 말뿐 더 이상은 아무 말도 하지 않았다. 단지 그 말뿐이었다. 그런 다음 그는 그때까지 열린 채로 있던 차의 앞문을 닫고, 지팡이를 다시 오른쪽으로 바꿔 쥐고는 눈길을 옆으로 주지도 않고, 뒤를 돌아보지도 않은 채 앞으로 계속 걷기만 했다.

「저 사람 완전히 돌았군.」

아버지가 혼잣말처럼 내뱉었다. 우리 차가 그를 앞질렀을 때 나는 뒤 유리창을 통해 그의 얼굴을 자세히 쳐다볼 수 있었다. 시선은 땅 쪽을 향한 채 몇 발자국을 떼어 놓을 때마다 자기가 걷고 있는 길을 확인이라도 하려는 듯이 눈을 치켜세웠고, 뭔가 두려움에 차 있는 것처럼 보이는 눈을 크게 뜨고서 잠깐씩 앞쪽을 쳐다보곤 했다. 빗물이 그의 볼을 타고 흘러내리고 있었다. 콧잔등과 턱에서는 빗방울이 뚝뚝 떨어졌고 입은 약간 벌어져 있었다. 그리고 그의 입술이 다시 움직이는 것 같기도 하였다. 어쩌면 걸어가면서 뭔가 혼잣말을 중얼거렸을지도 모른다.

「좀머 씨는 폐소 공포증 환자야.」

어머니는 우리가 저녁 식사를 하면서 지독히 나빴던 일기 변화와 낮에 좀머 씨를 만났을 때 있었던 일을 이야기하자 그렇게 말했다.

「그 사람은 폐소 공포증이 아주 심하단다. 그 병은 사람을 방 안에 가만히 있지 못하게 만들지.」

「폐소 공포증이란 엄격하게 말하자면…….」

아버지가 말했다.

그때 어머니가 아버지의 말을 끊었다.

「사람이 자기 방에 앉아 있지도 못하는 거예요. 룩흐터한 트 박사님이 자세하게 설명해 줘서 내가 잘 알고 있다고요.」

「〈폐소 공포증Klaustrophobie〉이란 말은 원래 라틴어와 그리스어에서 유래되었지.」

아버지가 다시 말을 이었다.

「물론 룩흐터한트 박사도 잘 알고 있는 사실이었겠지만 말이야. 그 말은 실제로 〈폐쇄claustrum〉라는 말과 〈공포증 phobia〉이라는 두 단어가 합해진 단어인데, 〈폐쇄〉란 〈닫음〉 혹은 〈고립〉이라는 뜻을 가진 단어로서, 〈폐쇄 공간〉이라는 단어라든가 혹은 〈밀폐〉라는 뜻을 가진 도시 〈클라우젠 Klausen〉, 또는 이탈리아의 〈키우사Chiusa〉와 남프랑스의 〈보클뤼즈Vaucluse〉처럼 그 말에도 〈폐쇄〉라는 단어가 들어 있는 거야. 너희들 중에 누가 〈폐쇄〉라는 뜻이 숨어 있는 낱말을 말해 볼 수 있겠니?」

「그런데요…….」

누나가 말했다.

「리타 슈탕엘마이어가 말해 주었는데요, 좀머 씨는 항상 경련을 일으킨대요. 온몸이 다 떨린대요. 리타가 그러는데 꼭 안달뱅이처럼 근육이 다 움직인대요. 의자에 앉으려고만 해도 몸이 먼저 떨린대요. 그런데 걸어 다니기만 하면 몸에서 경련이 안 일어난대요. 그래서 자기가 떠는 것을 아무에게도 보이지 않으려고 항상 걷는 거래요.」

「그런 점에 있어선 한 살짜리 말과 닮은 점이 있구나.」

아버지가 말을 이었다.

「하기는 두 살짜리도 처음 경마에 나가게 되면 출발 신호를 기다릴 때 초조해서 온몸을 부들부들 떨곤 하지. 그럴 때면 기수들이 고삐를 양손으로 꼭 잡아 주느라고 정신이 없단다. 그렇게 하다가 시간이 지나면 저절로 나아지기도 하고 때로는 사람들이 눈가리개로 눈을 가려 주기도 하지. 너희들 가운데 누가 〈고삐를 잡는 것〉이 뭔지 내게 설명해 주겠니?」

「말도 안 돼요!」

어머니가 다시 언성을 높였다.

「당신이 타고 있던 차 안에서 좀머 씨는 아무 거리낌 없이 경련을 해도 됐잖아요. 조금 떤다고 해서 어느 누구에게 조금이라도 방해가 되지는 않았을 텐데요!」

「우려되는 것은…….」

아버지가 말을 이었다.

「내가 틀에 박힌 빈말을 했기 때문에 좀머 씨가 차에 타지 않았다는 점이오. 〈그러다가 죽겠어요〉라는 말을 해버리고 말았거든. 내가 도대체 그런 말을 어떻게 할 수 있었는지 나 자신도 모르겠소. 만약 그것보다 좀 더 거칠지 않은 말을 사용했더라면 분명히 차에 탔을 거요. 예를 들어…….」

「쓸데없는 소리 말아요.」

어머니가 말했다.

「그게 아니라 폐소 공포증이 있어서 차에 타지 않았던 거예요. 방뿐만이 아니라 문을 닫아야만 하는 차 안에도 있을 수 없기 때문에 그런 거라고요. 룩흐터한트 박사에게 물어보시라고요! 폐쇄된 공간에 ─ 자동차든 방이든 간에 ─ 들어가기만 하면 그 증상이 나타난다고요.」

「증상이 뭔데요?」

내가 물었다.

「어쩌면…….」

나보다 다섯 살이 많고, 그림 형제 동화집 속의 동화를 이미 다 읽은 형도 대화에 끼어들었다.

「어쩌면 〈여섯 사람이 사방에서 다 나온다〉라는 옛날이야기처럼 하루에 전 세계를 다 걸어 다닐 수 있는 사람으로 나오는 달리기 잘하는 사람이랑 좀머 아저씨가 똑같을지도 몰라요. 그래서 집에 오면 다리 하나를 가죽끈으로 높이 붙들어 매야 해요. 그렇게 안 하면 몸이 자꾸 일어서니까요.」

「그럴 수도 있겠구나.」

아버지가 다시 말을 이었다.

「혹시 좀머 씨가 발이 세 개나 있어서 그렇게 매일 걸어 다녀야 되는지도 모르겠다. 그 사람 다리 가운데 하나를 높이 붙들어 매라고 룩흐터한트 박사님께 부탁드려야겠는걸.」

「엉터리!」

어머니가 다시 말했다.

「그 사람은 폐소 공포증이 있다니까요. 그것 말고는 아무 병에도 안 걸렸고, 그 병에는 약도 없어요.」

잠자리에 들었을 때 내 머리에는 그 길고 이상한 단어가 한참 동안이나 떠날 줄을 몰랐다. 폐소 공포증……. 나는 그 단어를 잊어버리지 않으려고 몇 번이고 되풀이하면서 외웠다. 〈폐소 공포증…… 폐소 공포증…… 좀머 아저씨는 폐소 공포증이 있어……. 그 말의 뜻은 아저씨가 방 안에 가만히 있지 못한다는 것……. 방 안에 가만히 있지 못한다는 것은

〈폐소 공포증〉이라는 말은 원래 라틴어와
   그리스어에서 유래되었대…….
그 말의 의미는 〈닫음〉 혹은 〈고립〉이고
   폐소 공포증은 병이라서 그 병에 걸린 사람은
   방 안에 가만히 앉아 있지 못한대…….

밖에서 돌아다녀야 된다는 것을 의미하고…… 〈폐소 공포증〉이 있으니까 밖에서 돌아다녀야만 하고…… 〈폐소 공포증〉이 〈방 안에 있지 못하는 것〉과 같은 말이고, 〈방 안에 있지 못하는 것〉이 〈밖에서 돌아다녀야만 하는 것〉과 같다면, 〈밖에서 돌아다녀야만 하는 것〉이 〈폐소 공포증〉과 같은 말이지. 만약 그렇다면 그렇게 어려운 〈폐소 공포증〉이라는 말을 쓰지 말고 〈밖에서 돌아다녀야만 하는 것〉이라고 쉽게 말해도 되잖아……. 그렇다면 〈좀머 씨는 폐소 공포증이 있기 때문에 밖에서 돌아다녀야만 한다〉라는 말을 어머니가 하려면 이렇게 말해야겠지. 〈좀머 씨는 밖에서 돌아다녀야만 하는 것이니까 밖에서 돌아다녀야만 돼…….〉

　거기까지 생각하다 보니 머리가 약간 어지러웠다. 나는 괴상한 그 새로운 단어와 그것에 얽힌 모든 것을 빨리 잊어버리려고 애를 썼다. 그런 다음 나는 좀머 아저씨가 아무 병에도 걸리지 않았고, 어떻게 해야만 한다는 강요도 받지 않고 있으며, 단지 밖에서 돌아다니는 것이 내가 나무를 기어오를 때 즐거움을 느끼듯이 좋아하는 일이라서 그렇게 하는 것이라는 데에 생각이 미쳤다. 모두 자기 자신의 만족과 쾌락을 위해서 좀머 아저씨는 밖에서 걸어 다니는 것뿐이고, 거기에 다른 설명은 필요치 않은 것 같았다. 머리만 복잡하게 만드는 어른들의 설명이나 라틴어로 이러쿵저러쿵하던 말은, 동화책에서처럼 다리를 높이 붙들어 맨다는 터무니없는 이야기와 똑같은 생각일 뿐이라고 여겨졌다.

그러다가 다시 한참이 지나자 내 머릿속에는 내가 자동차 창문을 통해 보았던 반쯤 벌린 입과 공포에 질린 커다란 눈동자의 얼굴, 빗물로 범벅이 된 좀머 아저씨의 얼굴이 다시 떠올랐다. 그리고 나는 이런 생각을 하게 되었다. 기쁜 일이 있을 때 사람이 그런 표정을 짓지는 않아. 뭔가 만족이나 쾌락을 위해서 하는 사람이 그런 표정을 지을 수는 없어. 그런 얼굴은 뭔가 겁에 질린 얼굴이었어. 아니면 몹시 갈증이 났다든지. 생각해 보면 그것은 빗속에 있으면서도 호수의 물을 다 들이켤 수 있을 듯한 갈증을 느끼는 표정 같기도 했다. 그런 생각이 들자 다시 머리가 혼란스러워졌다. 그래서 나는 좀머 아저씨의 얼굴을 잊어버리려고 무진장 애를 썼다. 그렇지만 그 얼굴은 내가 잊으려고 애를 쓰면 쓸수록 눈앞에 더욱더 또렷하게만 나타났다. 잔주름 하나하나까지 보였고, 땀방울과 빗방울도 보였으며, 마치 뭔가 중얼거리는 것처럼 보이게 만들었던 입술의 가냘픈 떨림조차 생생하게 보였다. 아저씨가 중얼거리던 소리는 더욱 확실하고 커져서 간청하는 듯한 아저씨의 음성이 들리는 것 같았다. 〈그러니 제발 나를 좀 그냥 놔두시오, 제발 나를 좀 그냥!〉

　　그런 다음에야 아저씨의 생각을 머리에서 떨쳐 낼 수 있었다. 아저씨의 목소리가 나를 도와준 셈이었다. 그 표정이 머릿속에서 사라지자마자 이내 나는 잠에 빠져 들었다.

우리 반에 카롤리나 퀴켈만이라는 여자아이가 하나 있었다. 눈동자가 까맣고, 눈썹도 짙었으며, 흑갈색 머리를 이마 위 오른쪽에서 핀으로 꽂고 다니는 아이였다. 목덜미와 귓불 밑에 작게 움푹 파인 곳에는 햇빛을 받으면 반짝 빛나기도 하고, 바람결에 약간 흔들거리기도 하던 한 움큼의 솜털이 있었다. 그 애는 웃을 때 듣기에 너무나 좋은 허스키한 소리를 내면서 목을 쭉 뽑아 올리고, 머리를 뒤로 젖히고는 눈은 거의 감은 채로 얼굴에 온통 환희의 표정이 넘쳐흐르게 했다. 나는 그런 얼굴을 수업 시간이나 쉬는 시간이면 언제나 실컷 쳐다보았다. 사실 나는 부끄러움을 많이 탄 탓에 그 얼굴을 아무도 카롤리나조차 눈치채지 못하게 훔쳐보았다.

하지만 꿈에서는 실제보다 부끄러움을 덜 탔다. 꿈에서는 그 애의 손을 잡고 그 애를 숲으로 데려가기도 하고, 같이 나무에 오르기도 했다. 나뭇가지 위에서 그 애의 옆에 앉아, 아주 가까이에서 그 애의 얼굴을 쳐다보며 옛날이야기도 들려주곤 하였다. 그러다가 그 애가 눈을 감고 고개를 뒤로 젖히며 웃을 때는 솜털이 많은 목덜미나 귓불에 가만히 입을 대고 숨을 들이마시기도 하였다. 그런 비슷한 종류의 꿈을 1주일이면 몇 번씩 꾸었다. 참 아름다운 꿈이었다. 아무것도 부러울 것이 없었다. 하지만 그것들은 모두 꿈이었고, 대개의 꿈이 그렇듯이 실제로 마음을 충족시켜 주지는 못하였다. 카롤리나를 한 번만, 꼭 한 번만 실제로 내 곁에 앉혀 놓고 목덜미나 혹은 다른 어느 곳에 입을 대고 가만히 숨을 들이마실 수만 있다면 뭐든지 다 하고 싶었다……. 하지만 나 혼자만 호수 아랫마을에 살았고, 카롤리나는 다른 대부분의 아이들처럼 호수 윗마을에 살았기 때문에 그런 일이 일어날 가능성은 전혀 없었다. 학교 문에서 나오자마자 길은 두 갈래로 갈라져 언덕을 다 내려올 때까지 계속 갈라진 채 뻗어 내려오다가, 들판을 지나 숲속으로 사라지기 전에 두 길의 사이는 아주 많이 벌어져서 다른 아이들과 함께 가고 있는 카롤리나를 눈으로 가늠할 수조차 없을 정도였다. 단지 그 애의 웃음소리만은 간간이 들을 수 있었다. 남풍이 불어올 때만 웃음소리가 먼 곳에서부터 들판을 가로질러 내게로 와서 집에 갈 때까지 나와 동행하였다. 그렇긴 했지만 우리가 살던 동네에 남풍은 얼마나 드물게 불었던가!

그런데 어느 날 — 토요일이었는데 — 기적이 일어났다. 쉬는 시간에 카롤리나가 내게로 와서, 그것도 아주 바짝 다가와서 이렇게 말했다.

「애! 너 아랫마을로 만날 혼자 가지?」

「응.」

「있지, 월요일에 너랑 같이 갈게…….」

그런 다음 그 애는 자기 엄마의 친구가 아랫마을에 사는데 거기에 가 있으면 자기 엄마가 자기를 데리러 올 것이고, 그러면 엄마랑 같이, 아니 엄마 친구랑 같이, 아니 엄마와 엄마 친구랑 같이…… 가겠다는 등의 말을 한참 종알댔다. 무슨 말이었는지 잊어 먹어서 생각은 안 나는데, 생각해 보면 그 애가 말을 하고 있을 때 이미 난 그것들을 다 잊어버렸던 것 같다. 〈월요일에 너랑 같이 갈게〉라는 말이 너무나 충격적이어서 그 밖의 다른 말들은 들을 수도 없었다. 다만 그 말만을 기억해 두고 싶었을 뿐이었다. 〈월요일에 너랑 같이 갈게!〉

그 순간 이후 그날 하루 종일, 아니 그 주일 내내 내 귓가에는 그 말만이 들려왔고, 그 말은 너무나 — 아, 어떻게 표현한담! — 달콤하게 들렸다. 그림 형제 동화책에서 읽었던 어느 것보다도 달콤했고, 〈지금부터 내 음식을 먹어도 좋아, 내 침대에서 자도 돼〉라고 말했던 『개구리 왕자』에 나오는 그 공주님의 약속보다도 더 달콤했다. 〈오늘은 빵을 굽고, 내일은 고기를 굽고, 모레는 왕비님에게서 아기를 데려와야지!〉라고 말했던 룸펠슈틸츠헨 요정처럼 조바심을 내며 날짜를 세었다. 마치 내 한 몸속에 행복에 젖어 있는 한스와 루

스티히 형과 황금 산의 왕이 다 들어 있는 기분이었다…….
〈월요일에 너랑 같이 갈게!〉

　나는 그 애를 맞을 준비를 시작했다. 토요일과 일요일에
는 가장 적당한 산책로를 골라 두려고 하루 종일 숲속을 헤
맸다. 사람들이 보통 지나다니는 길을 카롤리나와 함께 걷지
않으리라는 것은 처음부터 작정해 둔 점이었다. 나만의 비밀
길을 알려 주고, 숨겨진 볼거리들을 그 애에게 보여 줄 생각
이었다. 내 계획은 아랫마을로 함께 걸어가면서 보게 될 모
든 것이 너무나 아름다워서, 카롤리나가 윗마을로 가는 길에
서 본 것들을 카롤리나로 하여금 기억 속에서 모두 퇴색시켜
버리도록 하는 것이었다.

　한참의 저울질 끝에 나는, 숲 가장자리를 돌아서자마자
큰길에서 오른쪽으로 꺾어 들어가, 소나무 보호 구역에 휑하
게 뚫려 있는 길을 지나, 호수 쪽으로 꺾어 내려가기 직전 활
엽수림에 이끼가 잔뜩 낀 길로 돌아가는 코스를 하나 마침내
정했다. 그 코스에는 내 박식한 지식으로 설명하면서 카롤리
나에게 보여 줄 볼거리가 여섯 개나 포함되었다. 자세히 하
나하나 설명하자면 이런 것들이 있었다.

　1) 길 가장자리쯤에 위치해 있는 것으로서 끊임없이 윙 소
리를 내고, 출입구에는 빨간색 번개 표시 위에 〈위험! 고압
선 주의〉라는 노란색 푯말이 걸려 있는 발전소의 작은 변
전소.

　2) 잘 익은 딸기가 달려 있는 일곱 개의 산딸기나무.

3) 사슴 구유 — 비록 볏짚은 없지만 그 대신 커다란 소금 덩이가 그 안에 들어 있다.

4) 전쟁 직후 어느 늙은 나치가 목을 매달고 죽었다는 말이 전해져 내려오는 나무 한 그루.

5) 높이가 거의 1미터에 직경이 150센티미터로 산책로의 마지막 코스이면서 동시에 최고의 볼거리가 될 개미굴.

6) 높이가 10미터쯤 되는 튼튼한 나뭇가지에 걸터앉아 기가 막히게 멋있는 호수 풍경을 만끽하고, 그 애에게로 몸을 기울여 목 언저리에 가만히 입을 갖다 대기 위해서 함께 올라가기로 계획한 멋진 너도밤나무 고목.

부엌 싱크대에서 과자를 조금 훔쳐 내오고, 냉장고에서는 요구르트 한 병을, 또 지하실에서 사과 두 개와 딸기 주스 한 병도 꺼내 왔다. 먹을 것도 있어야겠다는 생각에서 준비한 그것들을 모두 구두 상자에 넣어 가지고 일요일 오후에 한 나뭇가지 위에 숨겨 두었다. 잠자리에 누워서는 카롤리나에게 들려주어서 그 애를 웃게 만들 이야기를, 하나는 걸어가면서 또 하나는 너도밤나무에 앉아서 할 것으로 생각해 두었다. 그러고는 일어나서 다시 불을 켜고 다음 날 그 애에게 내가 가지고 있는 것 중에서 가장 소중한 것을 헤어질 때 줄 생각으로 서랍 안에 들어 있는 드라이버를 찾아 책가방 안에 넣었다. 다시 침대로 돌아가서 두 가지 이야기를 다시 연습해 보고, 미리 예정된 내일의 일정을 세밀하게 검토하였다. 수도 없이 1)번에서부터 6)번까지 거쳐 가야 할 장소를 생각

해 보았고, 드라이버를 건네줄 순간도 되뇌어 보았으며, 이미 바깥 숲속 한 나뭇가지 위에서 우리를 고대하고 있는 구두 상자 안의 물건들도 머릿속에 떠올려 보았다. 그보다 더 철저하게 랑데부를 준비할 수는 없었으리라! 그런 다음에야 나는 달콤한 말을 기억하며 마침내 잠에 빠져 들었다. 〈월요일에 너랑 같이 갈게⋯⋯. 월요일에 너랑 같이 갈게⋯⋯.〉

월요일은 구름 한 점 없는 화창한 날씨였다. 햇빛은 부드러웠고, 하늘은 물처럼 투명한 푸른빛이었으며, 숲에는 지빠귀들이 노래 불렀고, 딱따구리들이 나무에 홈을 파는 소리가 사방에서 메아리쳐 울렸다. 그날 학교로 가면서 그제야 나는 만약에 비가 내린다면 카롤리나와 어떻게 할 것인지에 대한 준비가 전혀 안 되었다는 데 생각이 미쳤다. 1)번부터 6)번까지의 코스는 비가 내리거나 바람이 많이 분다면 엉망진창이 되어 버릴 것이 뻔했다. 마구 헝클어져 있을 산딸기나무들, 눈으로 볼 수 없게 될 개미굴, 미끈미끈하게 젖어 있을 이끼 긴 길, 미끄러워서 올라가지도 못할 너도밤나무, 밑으로 떨어져 나뒹굴거나 물에 젖어 물컹물컹해졌을 간식들. 그런 참혹한 광경에 대한 상상이 내게 더없이 큰 기쁨을 안겨 주었다. 그런 쓸데없는 걱정을 할 필요가 없는 나 자신에 대한 생각이 승리의 쾌감까지 주면서 나를 달콤한 행복감에 젖게 했다. 눈곱만큼도 날씨 걱정은 하지 않았었다. 오히려 날씨가 내 걱정을 맡아서 해준 셈이었다! 그날 나는 단순히 카롤리나만 동행할 수 있게 되었던 것이 아니라, 덤으로 그해에 최고로 화창한 날을 선물로 받았던 것이다! 내가 생각해도 나는 그야말로 행운아였다. 내 위에서 마음씨 좋은 하느님이 따스한 눈길로 내려다보고 계시는 것 같았다. 그런 은총을 받은 처지에 그날 하루만이라도 경솔한 짓은 하지 말아야겠다고 스스로 다짐하였다. 동화 속에 나오는 주인공들처럼 거만함과 자만심으로 실수를 범해 이미 간직하고 있던 행복마저도 무너뜨리는 일은 결코 있어서는 안 될 일이었다!

나는 빠른 걸음으로 학교를 향했다. 학교에 늦게 도착하는 것도 있을 수 없는 일이었다. 수업 시간에는 여느 때와는 달리 열심히 귀를 기울이고 집중을 해서 선생님이 내게 방과 후에 남으라는 말씀을 절대로 할 수 없도록 하였다. 나는 대단히 진지했고, 집중했으며, 아주 의젓했고, 노력도 많이 해서 그야말로 훌륭한 모범생이 되었다. 단 한 번도 카롤리나를 쳐다보지 않았고, 그쪽을 미리 쳐다보지 않으려고 억지로 마음을 다졌으며, 너무 일찍 쳐다봤다가 모든 것을 다 잃어버릴지도 모른다는 거의 미신에 가까운 생각이 나를 그렇게 하지 말도록 강요하였다.

수업이 다 끝나고 여학생들만 수업을 한 시간 더 받게 되었다. 수예 시간 때문이었는지 아니면 무슨 다른 이유가 있었을 텐데, 그 이유는 생각이 나지 않는다. 어쨌든 사내아이들만 수업이 끝났다. 그 돌발 사태를 나는 별로 언짢게 생각하지 않았다. 오히려 그 반대였다. 그것은 마치 내가 극복해야만 하고 또 반드시 극복해 낼 수 있는 보충 시험으로 생각되었다. 그렇게 함으로써 특별한 감동으로 카롤리나와 같이 할 수 있을 것만 같았다. 한 시간 내내 서로가 서로를 기다려야만 했기 때문이었다!

나는 학교 정문에서 겨우 20미터도 떨어지지 않은 곳에, 길이 윗마을과 아랫마을로 갈라지는 지점에서 기다렸다. 그곳에는 바닥이 평평한 커다란 바위가 땅 위로 돌출되어 있었다. 바위 한가운데에는 말발굽 모양으로 움푹 들어간 자리가 있었다. 사람들은 그것이 옛날 옛날에 사람들이 마을에 교회를 지어서 화가 난 악마가 그 자리에서 발을 굴렀기 때문에 생겨난 것이라고들 했다. 그 바위 위에 앉아서 악마가 움푹 파놓았다는 곳에 고여 있던 물을 손가락으로 튀기면서 시간을 보냈다. 등에 내려 쪼이는 햇볕이 따사로웠고, 하늘은 여전히 구름 한 점 없이 물처럼 투명한 파란색이었으며, 나는 앉아서 기다리며 아무런 생각도 하지 않고 말로 표현할 수 없을 만큼 뿌듯한 행복감에 젖었다.

마침내 여자아이들이 학교 정문을 빠져나오는 것이 보였다. 처음에는 한 무리의 아이들이 내 곁을 뛰어서 지나갔다. 그리고 맨 마지막으로 그 애가 나왔다. 나는 자리에서 일어섰다. 그 애가 까만 머리를 휘날리며 나를 향해 뛰어왔다. 이마 위 머리카락에 꽂힌 핀이 앞뒤로 흔들거리며 춤을 추었다. 그 애는 샛노란 옷을 입고 있었다. 나는 그 애 앞으로 손을 내밀었고, 그 애는 내 앞에서 우뚝 멈추어 섰다. 우리는 전에 쉬는 시간에 그랬었던 것처럼 바짝 붙어 있었다. 나는 그 애의 손을 잡고 내 쪽으로 잡아당겨서 그대로 포옹하고 얼굴 한가운데에 뽀뽀를 해주고 싶은 생각이 굴뚝같았다.

「얘! 너 나 기다렸니?」

「응.」

내가 말했다.

「얘! 나 오늘 너랑 같이 안 가. 엄마 친구가 아프대. 그래서 엄마가 거기 안 간대. 우리 엄마가 그러는데…….」

한참 동안 변명이 이어졌지만 갑자기 이상하게 귀가 멍멍하고 다리에 힘이 빠져서 그것을 머리에 기억해 두기는커녕 제대로 듣지도 못하였다. 내가 기억할 수 있는 유일한 것이라고는 그 애가 말을 끝낸 다음 갑자기 돌아서더니 윗마을 쪽을 향해 샛노란 옷을 휘날리며 다른 여자아이들을 따라잡을 수 있을 만큼 잽싸게 달렸다는 것뿐이다.

나는 언덕을 내려가 집으로 향했다. 숲 가장자리에 다다라 무심코 윗마을로 향하는 길을 쳐다보았을 때 아무도 볼 수 없었던 것으로 보아 그날 내가 굉장히 천천히 걸었던 것 같다. 그 자리에 서서 몸을 돌려 내가 방금 걸어왔던 구부러진 언덕길을 쳐다보았다. 초원에 햇빛이 충만하게 넘쳐흘렀다. 풀 사이로 바람 한 줄기도 불지 않았다. 풍경이 마치 그대로 굳어 버린 것 같았다.

그때 조금씩 움직이는 작은 점이 눈에 띄었다. 그 점은 숲 가장자리 맨 왼쪽에서 가장자리를 따라 계속해서 오른쪽으로 향하면서 학교 앞 언덕을 올라, 그 위에서 산등성이 모양

을 그대로 좇으며 남쪽으로 가로질러 가고 있었다. 하늘의 파란색 배경과 함께 그 점이 비록 개미만 하게 작기는 하였지만, 그 위를 걸어가고 있는 것이 사람임을 확실하게 알 수 있었다. 나는 좀머 아저씨의 다리 세 개를 찾아냈다. 마치 시계의 초침처럼 빠른 속도로 아주 작은 발걸음이 앞을 향해 걸어가고 있었다. 그렇게 멀리 보이던 점은, 서서히 그러나 시계의 큰바늘처럼 분명히, 지평선에서 멀어져 갔다.

그로부터 1년 후에 나는 자전거 타는 법을 배웠다. 키가 벌써 135센티미터였고 몸무게는 32킬로그램에다가 신발 사이즈는 200밀리미터였으니 그렇게 빠른 것은 아니었다. 나는 사실 자전거 타기를 특별히 좋아하지는 않았다. 가는 두 개의 바퀴 위에서 계속 움직인다는 것이 ─ 32킬로그램이나 되는 사람이 그 위에 앉아서 아무런 받침대나 의지할 것도 없이 달릴 때는 넘어지지 않으면서도, 받침대로 받치지 않거나 어디에 기대거나 누군가 잡아 주지 않으면 왜 넘어져 버리는지 그 이유를 아무도 내게 설명해 주지 않았기 때문에 ─ 내 생각으로는 너무 아슬아슬하고 위험한 일이었다. 그런 환상적인 현상에 가장 기초적인 자연의 법칙, 즉 원심력과 특히 소위 〈기계적 회전 충격 보존력〉이 작용한다는 것을 그 당시만 해도 나는 전혀 알지 못하고 있었다. 오늘날까지도 나는 그 원리를 완벽하게 이해하지 못하고 있으며, 〈기계

적 회전 충격 보존력〉이라는 단어만 들어도 머리가 혼란스
럽고 어지러워서 뒤통수의 상처 자국이 근질거리거나 쿡쿡
쑤셔 오곤 한다.

만약 꼭 필요하지 않았더라면 나는 자전거를 배우지 않았
을 것이다. 하지만 피아노를 배우러 가야만 했기 때문에 하
는 수 없이 자전거를 꼭 배워야만 했다. 피아노는 호수 윗마
을의 끄트머리에 사는 선생님에게서만 배울 수 있었는데 거
기까지 걸어가려면 한 시간 이상 걸렸지만 자전거로는 ―
우리 형의 계산에 따르면 ― 13분 30초밖에 걸리지 않았다.

우리 어머니에게도 피아노를 가르쳤던 내 피아노 선생님
은 우리 누나와 형과 아무튼 마을에서 건반 하나만 두드릴
줄 아는 사람이라면 누구든 ― 교회의 오르간 연주에서부터
리타 슈탕엘마이어의 아코디언에 이르기까지 ― 다 가르쳤
다. 선생님의 이름은 마리루이제 풍켈이었는데 그것도 미스
마리루이제 풍켈이었다. 내가 평생 그 선생님처럼 보이는 미
혼 여성을 한 번도 보지 못했음에도 불구하고 선생님은 항상
그 〈미스〉라는 단어에 악센트를 주었다. 선생님은 꼬부랑 늙
은이여서 머리는 백발이었고, 허리는 구부정하게 굽었으며,
피부는 쭈글쭈글하였고, 코밑에는 까만색 솜털이 조금 나 있
었다. 더구나 앞가슴은 하나도 없었다. 어느 날 내가 착각하
는 바람에 한 시간 일찍 갔을 때 선생님이 아직 낮잠을 주무
시던 중이어서 나는 그걸 볼 수 있었다. 낮잠에서 깨어나 그
대저택의 현관문을 열어 주었을 때 선생님은 고작 치마와 내

의만 걸치고 있었고, 그 내의는 부인들이 입는 보드랍고 폭이 넓은 실크 속옷이 아니라, 우리 같은 사내아이들이 체육시간에 입는 것처럼 소매 없이 몸에 짝 달라붙는 옷이었다. 그런 운동선수 속옷 같은 내의 밖으로 잔주름이 많은 팔과 가죽처럼 보이던 여린 목이 적나라하게 드러나 있었다. 그리고 그 안은 판판했고 가슴은 닭 가슴처럼 야위었다. 그런데도 선생님은 — 이미 말했듯이 — 〈풍켈〉이라는 이름 앞에 꼭 〈미스〉를 고집하였다. 그 이유는 — 아무도 물어보지 않았는데도 늘 직접 해명해 왔듯이 — 그렇게 하지 않으면 자기가 아직 처녀이므로 여전히 임자를 만날 수 있는 처지인데도 남자들이 자신을 기혼녀로 생각해 버릴 수 있기 때문이라는 것이었다. 그러한 설명은 늙고 코밑에 솜털이 나 있고 젖가슴도 없는 마리루이제 풍켈 선생님하고 결혼하고 싶어 할 남자가 이 세상에 한 명도 없을 것 같았기에 내게는 순전히 억지로 보였다.

　사실을 말하자면 미스 풍켈 선생님이 설령 원했다 하더라도, 선생님은 자기를 〈미시즈 풍켈〉로 부를 수 없어서 할 수 없이 〈미스 풍켈〉이라 부를 수밖에 없었다. 왜냐하면 미시즈 풍켈은 이미 다른 사람을 일컫는 말이었으므로……. 아니 좀 더 정확하게 말해 두는 것이 좋을 것 같다. 풍켈 부인이라고 불리던 또 다른 한 명의 여인이 존재했기 때문이다. 미스 풍켈 선생님의 어머니가 생존해 있었던 것이다. 앞에서 미스 풍켈 선생님을 꼬부랑 늙은이라고 표현했으니 선생님의 어머니는 어떻게 표현해야 좋을지 모르겠다. 돌처럼 굳어 버린 노인, 다리가 뻣뻣한 노인, 뼈만 앙상한 노인, 고목나무 같은 노인, 호호백발 노인…… 내가 보기에 그 할머니는 적어도 나이가 백 살은 넘었을 것 같았다. 그렇게 늙은 사람이라서 풍켈 할머니는 피와 살로 된 사람으로 보기보다는 가구라든가 박제를 해놓은 나비라든가 혹은 깨질 것 같은 얇은 구식 꽃병 등으로 생각할 만큼 지극히 제한된 의미에서 목숨을 이어 가고 있었다. 움직이지도 않았고, 말도 안 했으며, 앉아 있는 모습 말고는 한 번도 다른 모습을 보이지 않아서 얼마나 보고 들을 수 있는지도 알 수가 없었다. 앉아 있을 때도 여름에는 그물 모양으로 짠 명주옷을 온몸에 둘둘 말고 있었고, 겨울에는 거북이처럼 머리만 빼고는 온몸을 검은색 벨벳으로 칭칭 감은 채 피아노가 있는 방의 제일 구석진 곳, 벽시계의 추 아래에 자리한 안락의자에 앉아 묵묵히 움직이지도 않았고, 아무에게서도 주의를 끌지 않는 모습으로 있었다. 그러다가 드물게, 아주 드물게 학생이 숙제를 특별히 잘해 오고, 체르니 연습곡을 아무 실수 없이 치면 미스 풍켈 선생님은 수업 시간이 끝날 때쯤 방 한가운데로 가서 안락의자 쪽을 향해 소리치곤 하였다. 〈어무니!〉 선생님은 자기 어머니를 〈어무니〉라고 불렀다.

「어무니! 여기 좀 보세요, 쟤한테 과자 하나 줘요. 아주 잘 쳤거든요!」

그러면 학생은 방을 가로질러 그 구석으로 가서 안락의자에 바짝 다가가 미라 같은 노인네에게 손을 내밀어야만 했다. 그때 선생님은 다시 한번 소리를 지르곤 했다.

「걔한테 과자 하나 줘요. 어무니!」

그러면 말로 표현할 수 없을 만큼 천천히 그물 모양의 명주 천이나 검은색 벨벳 천 어딘가에서 푸르뎅뎅하고 약간 떨리면서 가녀린 손이 나와 허공을 더듬거리다가, 눈을 뜨거나 거북이 머리 같은 머리를 돌리지도 않고 의자의 팔걸이를 지나 오른쪽 방향으로 손을 뻗어서 대개 안에는 크림이 들어 있고 사각으로 각이 진 비스킷으로, 의자 옆 작은 탁자 위 그릇에 담겨 있는 과자를 하나 집어 들고, 다시 탁자와 팔걸이와 앞자락을 서서히 지나 내밀고 있는 아이의 손안에 뼈만 앙상한 손으로 마치 금덩어리라도 되는 양 건네주었다. 그때 아이의 손가락과 노인의 손가락이 아주 잠깐 스칠 때도 있는데 그러면 아이는 뭔가 단단하고 차가운 느낌이 들리라고 생각했다가 오히려 따스하고 차라리 뜨겁기까지 하며 믿기지 않을 만큼 보드랍고 가벼운 살갗에 등골이 오싹해지게 마련이었다. 그것은 비록 짧지만 사람의 손에서 벗어나는 새와의 접촉처럼 등골을 시리게 만드는 일이었다. 그래서 〈고-맙-습-니-다, 미시즈 퐁켈〉이라는 말을 더듬거리며 황급히 뱉어 내고는 그 방에서, 그 칙칙한 집에서 빠져나와 서둘러 밖으로, 신선한 공기가 있는 곳으로, 태양이 내리쬐는 곳으로 달음박질치곤 하였다.

자전거 타기라는 기상천외의 예술을 익히느라 내가 얼마

나 많은 시간을 허비했는지 기억이 안 난다. 단지 기억하는 것이라고는 그것을 하기 싫은 마음과 해내겠다는 오기가 뒤섞인 채 아무도 나를 보지 못하는, 약간 경사가 진 호젓한 숲길에서 우리 어머니의 자전거로 혼자서 배웠다는 것이다. 그때 그 길 양쪽 끝이 갑작스럽게 경사가 져 있어서 매번 넘어졌지만, 그곳에 낙엽이 쌓여 있거나 땅이 푸석푸석해서 다행히 슬쩍 넘어질 수 있었다. 그러다가 언젠가 수도 없이 실패한 다음 거의 기적적으로 갑자기 바퀴를 굴릴 수 있게 되었을 때 이론적인 내 모든 고민과 고집스러운 의심은 두 바퀴 위에서 완전히 사라져 버렸다. 당혹스럽기도 했고 자랑스럽기도 한 순간이었다! 온 식구가 보는 앞에서 우리 집 앞뜰과 잔디밭 사이에 줄로 경계선을 그어 놓고 그 위로 시운전을 해보였을 때 부모님은 박수를 쳐주었고, 형제들은 신나게 웃었다. 그런 일이 있고 난 다음, 형이 내게 가장 중요한 도로교통법을 설명해 주었는데, 무엇보다도 먼저 꼭 오른쪽으로 다녀야 된다는 점이 강조되었다. 여기서 오른쪽[1]이란 손잡이에 브레이크가 달린 쪽을 의미하였다. 아무튼 나는 자전거를 배운 이후부터 1주일에 한 번씩, 수요일 오후 3시부터 4시까지 불쌍하게도 달랑 혼자서 피아노를 배우러 다녔다.

---

1 오늘날까지도 나는 잠깐 정신이 없어서 방향을 분간할 수 없을 때는 그때 내렸던 정의를 기준으로 어느 쪽이 오른쪽이고 왼쪽인지를 구분한다. 머릿속으로 자전거를 하나 그려 보고 마음속으로 브레이크를 잡아 보면 다시 방향을 확실히 잡게 되는 것이다. 양쪽에 브레이크가 있다거나 더 나쁜 경우 왼쪽에만 있는 자전거는 절대로 타지 않을 생각이다.

물론 형이 그 거리에 소요되는 시간으로 계산해 두었던 13분 30초는 내게는 어림도 없는 시간이었다. 형은 나보다 다섯 살 위였고, 자전거도 기어가 3단까지 있는 경기용 자전거를 타고 다녔다. 그런 반면 나는 내게는 너무나 큰 어머니 자전거를 타고 선 자세로 페달을 굴려야만 되는 정도였다. 설령 안장을 최고 밑으로 끌어 내린다고 하더라도 가만히 앉은 채 페달을 밟을 수가 없어서 나는 밟다가 앉다가 하면서 그대로 움직여야만 했기 때문에 속도도 내지 못했을뿐더러 금방 지쳤고, 스스로도 잘 알고 있듯이 대단히 우스꽝스러운 모습으로 타고 다녀야만 했다. 다리를 쭉 뻗거나 잔뜩 끌어 올린 채, 바퀴가 한 바퀴 돌고 나면 다시 돌아오는 페달을 밟고 힘껏 구르기 위해서, 선 채로 힘겹게 페달을 굴러 바퀴를 돌게 만든 다음 흔들거리는 안장에 앉아야만 했다. 그렇게 발로 구르는 방식을 이용해서 우리 집을 출발하여 호숫가를 따라가다가 윗마을을 지나 풍켈 선생님의 대저택에 도착하는 데는 거의 20분이 걸렸다. 만약 정말로 아무 일도 그사이에 일어나지만 않는다면 그랬다! 그렇지만 거기까지 가는 도중에 사소한 일들이 수없이 많이 일어났다. 구체적으로 말하자면 나는 타고 가다가 핸들을 꺾거나 브레이크를 밟고 내렸다가 다시 타는 따위는 할 수 있었지만, 무엇을 앞지른다거나 남이 나를 앞질러 가게 한다거나, 누군가와 길에서 마주치는 것 등에는 적절히 대처하지 못했다. 앞이나 뒤에서 다가오는 자동차의 작은 엔진 소리만 들어도 즉시 브레이크를 잡고 내렸다가 그 자동차가 지날 때까지 기다렸다. 다른 사람이 자전거를 타고 오는 모습만 보여도 정지하고 그 사람이 지나갈 때까지 기다렸다. 행인을 앞지르고자 할 때는 앞에 가는 사람의 바로 뒤에서 자전거를 내린 다음 자전거를 끌면서 그 사람의 옆을 지나쳐 그 사람이 내 뒤쪽으로 충분히 멀리 떨어져 있다는 확신이 서야만 다시 타고 떠났다. 그래서 내가 자전거를 타려면 앞이나 뒤가 완벽하게 비어 있어야만 했고, 가능하면 내가 타고 가는 모습을 아무도 보지 못해야만 했다. 더군다나 아랫마을과 윗마을의 중간쯤 되는 지점에 하르트라웁 박사님 댁에 테리어가 한 마리 있었는데 못생기고 조그만 한 것이 거리에서 촐랑대고 다니다가 바퀴가 달린 것만 보면 아무것에나 다 멍멍 짖어 대며 달려들곤 했다. 그 녀석의 공격을 피하려면 하르트라웁 박사님 부인이 그 개를 다시 불러들일 때까지 자전거를 길가 쪽으로 몰아서 울타리 곁에 노련하게 정지시키고는 안장 위에서 다리를 잔뜩 끌어 올린 채 울타리 꼭대기를 잡고 기다리는 수밖에 없었다. 그러니 윗마을 끄트머리에 있는 선생님 집까지 가는 데 걸리는 시간이 종종 20분 가지고도 모자라는 것은 당연한 일이었다. 그래서 나는 어느 정도 제시간에 미스 풍켈 선생님 집에 도착하기 위해서 일찌감치 2시 30분에 미리 집을 나서곤 했다.

앞에서 내가 미스 풍켈 선생님이 자기 어머니를 보고 학생에게 과자를 주라고 말할 때가 있다는 것을 이야기했을 때, 나름대로 생각이 있어서 그런 일이 아주 굉장히 드물다는 것을 강조해 두었었다. 미스 풍켈 선생님은 성격이 원래 매우 엄격했고, 뭔가를 만족시키기가 대단히 어려운 선생님이었기 때문에 그런 일은 절대로 흔하지 않았다. 숙제를 시원찮게 해왔다거나, 악보를 보면서 연주할 때 다른 건반을 눌렀다든가 하면, 선생님은 얼굴이 온통 시뻘게지면서 고개를 좌우로 흔들다가 팔꿈치로 학생을 옆으로 밀어내고는 신경질적으로 손가락을 허공에 대고 삿대질을 하다가 갑자기 심한 욕설을 퍼부으며 소리를 꽥꽥 질러 대곤 하였다. 최고로 나빴던 경험을 나는 피아노를 배우기 시작한 지 1년쯤 되었을 때 겪었다. 그때 선생님이 어찌나 나를 혹독하게 혼냈었는지 나는 지금까지도 선생님에 대한 서운함을 삭이지 못한 채 그날의 일을 기억하고 있다.

문제는 내가 너무 늦게 도착한 것에서 비롯되었다. 정확히 10분 늦었다. 하르트라웁 박사님 댁 테리어가 나를 한참 동안이나 울타리 곁에서 꼼짝도 하지 못하게 만들었고, 도중에 자동차를 두 대 만났으며, 네 명의 행인을 앞질러야만 했었다. 미스 풍켈 선생님 집에 도착했을 때 선생님은 얼굴이 이미 시뻘겋게 달아오른 채 고개를 좌우로 흔들면서 방안을 왔다 갔다 하다가 손가락으로 허공에 삿대질을 해대고 있었다.

「얼마나 늦었는지 알고 있기나 하니?」

선생님이 다짜고짜 물었고, 나는 아무 말도 하지 않았다.

내게는 시계가 없었다. 손목시계는 그 후 한참이 지난 다음 열세 번째 생일에 처음 선물로 받았다.

「저기 좀 봐!」

그러면서 선생님은 추가 달린 시계 밑에서 움직이지도 않고 가만히 앉아 있는 풍켈 할머니가 있는 쪽을 손가락으로 가리켰다.

「조금만 있으면 벌써 3시 15분이야! 도대체 어디서 무얼 하다 이제 온 거야?」

나는 하르트라움 박사님 댁의 개 이야기부터 더듬거리며 말하기 시작했지만 선생님은 내게 변명할 시간조차 주지 않았다.

「개라고!」

선생님이 이내 내 말을 끊었던 것이다.

「그럼 그렇지, 개하고 놀았겠지! 얼음과자도 하나 사 먹었을 테고! 너 같은 애들은 내가 잘 알고 있어. 히르트 아줌마네 구멍가게를 끊임없이 들락날락하면서 얼음과자나 사 먹을 생각 말고는 아무 생각도 하지 않았겠지!」

그건 정말 너무한 처사였다. 내게 히르트 아줌마네 구멍가게에서 아이스크림이나 사 먹었다고 하다니! 용돈 한 푼 받지 않았던 나한테 말이다! 형과 형 친구들이 그런 짓을 하기는 했다. 형들은 용돈을 몽땅 히르트 아줌마의 구멍가게에 갖다 바쳤다. 하지만 나는 아니었다! 나는 아이스크림이 먹고 싶으면 그때마다 어머니나 누나에게 끈질기게 졸라야만 했었다! 그런 내가 피아노를 배우려고 자전거를 타고 오느라 온갖 시련을 겪으며 땀을 뻘뻘 흘리고 왔건만 고작 아이스크림이나 사 먹으려고 히르트 아줌마네 구멍가게를 기웃거렸다는 누명을 뒤집어써야만 된단 말인가! 너무나 기가 막혀서 나는 말문이 막혀 버렸고 눈물만 뚝뚝 흘렸다.

「눈물 그쳐!」

미스 풍켈 선생님이 소리를 꽥 질렀다.

「가방이나 열고 악보나 꺼내서 뭘 배웠는지나 해봐! 보나 마나 연습도 안 했겠지!」

그 말은 공교롭게도 완전히 틀린 말은 아니었다. 그 전주에 나는 다른 중요한 할 일이 있기도 했었고, 다른 한편으로는 숙제로 내주었던 연습곡이 카논 형식의 푸가 형태여서 오른손과 왼손을 옆으로 쫙 벌리고 치다가, 가끔씩 한 손은 이쪽에 다른 한 손은 저쪽에 두면서 쳐야 했고, 서로 불협화음을 이루는 리듬과 특이한 음정을 지키며 높은음에서는 귀에 몹시 거슬리는 소리까지 내야 하는 등 굉장히 어려운 일이라서 거의 연습을 하지 못했다. 작곡가는 나의 기억이 틀리지 않는다면 헤슬러라는 사람이었다. 악마가 있어서 그 사람을 잡아 갔었더라면 얼마나 좋았을까!

그렇기는 하지만 만약 그날 피아노를 배우러 가는 도중에 여러 가지 ─ 특히 하르트라웁 박사님 댁 테리어의 공격 ─ 흥분되는 일들을 겪지 않았고, 그것들에 이은 미스 풍켈 선생님의 혹독한 꾸지람으로 내 마음이 그렇게 갈기갈기 찢기지만 않았더라면 그 두 곡을 그런대로 연주할 수 있었을 것이다. 그러나 정작 나는 무서워서 벌벌 떨면서, 땀도 뻘뻘 흘리고, 눈에는 눈물이 그렁그렁 맺힌 채 피아노 앞에 앉아서 ─ 내 앞에는 여든여덟 개의 건반과 헤슬러 씨의 연습곡이 놓여 있었고, 뒤에는 치밀어 오르는 노여움으로 내 목덜미에 더운 입김을 뿜어내던 미스 풍켈 선생님이 있었다 ─ 최악의 연주를 해보였다. 모든 것이 엉망진창이었다. 베이스와 바이올린을 위한 키, 반음과 온음, 4분 쉼표와 8분 쉼표, 왼쪽과 오른쪽, 첫 줄의 마지막 마디도 미처 치지 않았는데 피아노 건반과 악보가 흐르는 눈물로 마치 만화경을 보는 듯 갈기갈기 찢겨져 버렸고, 나는 결국 손을 밑으로 내리고 가만히 훌쩍거리며 울고 있을 수밖에 없었다.

「내가 그럴 줄 알았지!」

목뒤에서 어금니 사이로 뱉어 내는 듯한 말이 튀어나왔고, 잘게 부서진 침방울들이 내 목덜미를 때렸다.

「내가 그럴 줄 알았다고. 늦게 오고, 얼음과자 사 먹고, 변명을 늘어놓고 뭐 그런 것들은 참 잘도 하겠지! 그렇지만 숙제는 하나도 못해 오고! 그렇게만 해보라고, 한심한 녀석 같으니라고! 너 같은 녀석한테 내가 한 수 가르쳐 줄 테니까!」

그렇게 말한 다음 선생님은 내 뒤에서 앞으로 나와, 내 옆자리에 털퍼덕 주저앉더니 두 손으로 내 오른손을 잡고, 손가락 하나하나를 벌려 가며 헤슬러 씨가 작곡했을 때 그랬을 것처럼 건반 하나하나를 찍어 눌렀다.

「이건 이쪽으로! 그리고 저건 저쪽에! 그리고 이건 여기에! 그리고 엄지는 여기에! 셋째 손가락은 요기에! 그리고 이거는 저기에! 또 이거는 여기에…….」

그렇게 오른 손가락을 가르치고 난 다음에는 같은 방법으로 왼손을 다뤘다.

「이거는 저리로! 또 저거는 여기로! 요거는 저기로!」

그렇게 분노를 삭이며 내 손가락에 마치 연습곡의 악보에 있는 음표 하나하나를 박아 넣기라도 하려는 듯이 손을 이리저리로 끌면서 꾹꾹 눌러 댔다. 그렇게 하기를 약 30분 정도 하자 손가락이 몹시 아팠다. 그런 다음 선생님은 마침내 내 손가락을 놓더니 책을 덮어 버리고 식식거리며 숨을 몰아쉬었다.

「다음번에 올 때까지 할 수 있어야 돼! 그것도 악보를 보고 하는 것이 아니라 달달 외워서 알레그로로 쳐야지 만약 그렇게 못한다면 혼날 줄 알아!」

그러고는 연탄 연주곡이 들어 있는 두꺼운 책을 꺼내어 악보를 놓는 곳에 꽝 소리를 내며 펼쳐 보였다.

「지금부터는 제발 악보 읽는 법 좀 알라고 10분 동안 디아벨리의 곡을 치겠다. 어디 실수만 해봐라!」

나는 순순히 고개를 끄덕이고는 옷소매로 얼굴에 묻은 눈물을 닦아 냈다. 디아벨리는 좋은 작곡가였다. 그는 끔찍한 헤슬러처럼 푸가 형식으로 사람을 괴롭히지 않았다. 디아벨리의 곡은 치기가 아주 쉬웠다. 그의 곡은 매우 단순하면서도 대단히 멋들어진 소리를 연출해 냈다. 비록 누나가 〈아무리 피아노를 못 치는 사람이라도 디아벨리는 칠 수 있어〉라는 말을 종종 했어도 나는 그를 사랑하였다.

아무튼 우리는 디아벨리를 연탄으로 쳤는데 미스 풍켈 선생님은 왼쪽에서 베이스를 쳤고 나는 오른쪽에서 소프라노를 동일 음으로 쳤다. 한동안은 제법 잘 나가서 나는 차츰 마음에 안정을 되찾게 되었고, 작곡가 안톤 디아벨리를 창조하신 신께 감사드리기도 하였다. 그러다가 긴장이 풀린 나머지 짧은 소나타가 처음에 올림 바 음이 표시되어 있는 사장조라는 것을 완전히 잊어버렸다. 그것은 다시 말하면 계속해서 흰건반만 편하게 두드려도 된다는 것을 의미하는 것이 아니라, 특정한 곳에서 악보에 특별한 표시가 없어도 사 음의 아래에 있는 올림 바 음의 검은색 건반을 눌러야 된다는 것을 의미했다. 어쨌든 나는 내가 쳐야 할 파트에 올림 바 음이 처음으로 나왔을 때 그렇게 쳐야 된다는 것을 인식하지 못하고 자신만만하게 옆 건반을 눌러 바 음이 잘못 나오는 바람에 음악을 아는 사람이라면 누구에게나 거슬렸을 튀는 소리를 내고 말았다.

「뻔하지!」

미스 풍켈 선생님이 다시 숨을 식식 소리 나게 몰아쉬며 연주를 멈췄다.

「뻔해! 조금만 어려운 게 나와도 금방 틀려 버리지! 넌 눈도 없니? 올림 바잖아! 여기 이렇게 크고 확실하게 쓰여 있잖아! 똑똑히 보라고! 다시 한번 처음부터 해! 하나, 둘, 셋, 넷……」

내가 왜 두 번째도 똑같은 실수를 저질렀는지는 오늘날까지도 잘 이해할 수 없는 대목이다. 아마도 곡 전체를 올림 바 음으로만 치고 싶을 정도로 음표마다 올림 바 음을 치려고 했기 때문에, 그렇게 하지 않으려고 스스로에게 억지로 강요하면서 올림 바를 치지 않을 것을 무진장 노력했기 때문이었던 것 같다. 아직 올림 바를 치면 안 돼, 아직 아냐…… 아직……. 그러다가 이미 잘 알고 있던 부분에서 그만 올림 바 대신 내림 바 음을 눌러 버렸던 것이다.

선생님은 금세 얼굴이 시뻘게지더니 쇳소리를 내며 야단이었다.

「어떻게 그럴 수가 있니! 올림 바라고 했잖아, 이 바보 멍청아! 올림 바! 올림 바가 무엇인지도 모르니, 이 바보야? 이거잖아!」

딴! 딴! 그렇게 말하면서 선생님은 수십 년 동안 피아노를 가르치느라고 10페니히 동전만 하게 뭉툭해진 집게손가락으로 사 음의 아래에 있던 검은색 건반을 눌러 댔다.

「이게 올림 바야!」

딴! 딴! 딴!

「이게…….」

그러다가 선생님이 재채기를 했다. 재채기를 하고 나서 내가 위에 묘사한 바 있는 집게손가락으로 코밑을 훔치고는 연신 쇳소리를 내면서 두세 번 더 건반을 눌렀다.

「이게 올림 바야, 이게 올림 바라고!」

그러고는 선생님이 옷소매 끝에서 손수건을 꺼내 들고 코를 풀었다.

올림 바 건반을 쳐다보던 내 얼굴이 하얗게 질려 버렸다. 그 건반의 앞쪽 끄트머리에 미스 풍켈 선생님이 재채기를 할 때 코털에 붙었다가, 그곳을 훔쳐 낼 때 집게손가락으로 옮겨 붙었다가, 집게손가락에서 올림 바 음 건반으로 옮겨 붙어 크기가 손톱만 하고, 굵기는 거의 연필 굵기만 하며, 벌레처럼 휘어진 데다가 녹황색으로 영롱하게 빛나기조차 하는 끈적끈적한 코딱지가 붙어 있었던 것이다.

「다시 한번 처음부터!」

선생님이 어금니 사이로 말을 내뱉었다.

「하나, 둘, 셋, 넷…….」

우리는 다시 연주하기 시작했다.

그 순간 이후의 30초는 내 일생에 있어서 가장 고역스러운 시간이었다. 나는 내 얼굴에서 핏기가 가시고 있다는 것과 두려움으로 인해 배어 나오는 땀방울이 목 언저리에 맺히고 있다는 것을 스스로 느낄 수 있었다. 머리카락은 빳빳하게 섰고, 귀는 한 번은 차가웠다가 한 번은 뜨거웠다가 하더니 결국에 가서는 뭔가로 막혀서 귀머거리가 된 것처럼 안톤 디아벨리의 아름다운 멜로디를 거의 들을 수 없게 되었다. 나는 악보도 보지 않은 채 두 번의 반복으로 저절로 굴러가는 손가락을 따라 기계적으로 쳐 나갔다. 오로지 내 시선은 마리루이제 풍켈 선생님의 코딱지가 붙어 있는 사 음 밑의 가는 검은 건반에만 고정되었다……. 이제 일곱 마디만 지나면, 아직 여섯 마디……. 물컹한 코딱지를 누르지 않고는 그 건반을 도저히 누를 수 없게 되어 있었다……. 이제 다섯 마디, 이제 네 마디……. 하지만 그렇다고 내가 올림 바 음 대신에 그냥 바 음을 치는 짓을 세 번째로 한다면, 그렇다면……. 이제 겨우 세 마디……. 오, 하느님 기적을 이루소서! 무슨 말씀이라도 하소서! 무슨 행동이라도 보이소서! 땅을 쩍 갈라지게 만드소서! 올림 바 음을 칠 필요가 없게 시간을 거꾸로 돌려 주소서……. 이제 두 마디, 이제 한 마디……. 하지만 하느님은 침묵을 지켰고 아무 행동도 보이지 않았으며 마지막 끔찍스러운 마디의 순간은 도래하였다. 아직도 내가 또렷이 기억하고 있는데, 그 마디는 라 음에서부터 올림 바 음까지 이어지는 여섯 개의 8분의 1박자를 치다가 그 위에 있는 사 음의 건반을 4분의 1박자로 치고 끝맺는 것이었다. 마치 황천길을 가듯이 내 손가락이 8분 음표의 계단을 비틀거리며 내려갔다……. 라-다-나-가-사…….

「올림 바!」

옆자리에서 외치는 소리가 들렸다……. 그런데도 나는 정신이 멀쩡한 채 내가 무슨 짓을 하고 있는 줄 뻔히 알면서 죽는 것조차 무섭지 않다는 듯이 바 음을 쳤다.

내가 가까스로 건반 위에서 손가락을 빼내자마자 피아노

뚜껑이 꽝 소리를 내며 닫혔고, 내 옆자리에 있던 미스 풍켈 선생님은 악마처럼 펄펄 날뛰었다.

「너 그거 일부러 그랬지!」

꽥 하며 지르던 그 소리가 얼마나 컸던지 그 소리는 귀머거리처럼 아무것도 들리지 않던 내 귓속을 파고들었다.

「고의로 그렇게 한 거야, 이 괘씸한 놈! 건방진 놈, 못된 놈! 버르장머리 없는 쓰레기 같은 놈!」

그렇게 말한 다음 선생님은 발을 쾅쾅 굴러 대면서 방 한가운데 있던 식탁으로 가더니 말을 두 마디 뱉을 때마다 주먹으로 식탁을 쾅쾅 내리쳤다.

「네 녀석이 암만 그래도 네까짓 녀석이 나를 갖고 놀게는 안 해, 알았어? 내가 이렇게 화만 내고 말리라고는 꿈도 꾸지 말아라! 네 엄마한테 전화할 거야. 네 아빠한테도 전화할 거야. 네 녀석이 1주일은 제대로 앉지도 못할 정도로 흠씬 두들겨 패주라고 할 거야! 앞으로 3주 동안은 집 밖으로도 내보내지 말고, 하루에 세 시간씩 앉아서 사장조를 연습시키라고 하고, 거기에다 라장조, 가장조, 올림 바, 올림 다, 올림 사도 네가 그런 것들을 눈을 감고도 할 수 있을 때까지 연습시키라고 할 거야! 내 맛 좀 보라고, 이 말썽꾸러기 같은 녀석! 너 같은 녀석은…… 맘 같아서는 지금 당장…… 내 손으로 직접…… 그냥…….」

그러다가 선생님은 너무 노여운 나머지 더 이상 말을 못 잇고 양팔로 허공을 허우적거리더니 금방 터져 버리기라도 할 듯이 얼굴이 새빨개지면서 앞에 놓인 과일 접시에 있던 사과를 하나 집어 가지고, 그것을 어찌나 세게 던져 버렸는지 그것이 당신 어머니의 거북이 머리 같은 머리를 약간 위쪽으로 벗어나며 벽시계의 왼쪽 벽에 갈색 홈집을 내고 터져 버렸다.

그러자 마치 누군가 작동 단추라도 누른 것처럼 칭칭 감겨져 있던 곳에서 뭔가 꿈틀거리는 것 같더니 감고 있던 옷의 주름 사이로 노인의 손이 나와 자동적으로 오른쪽을 향해 과자가 있는 쪽으로 뻗어 나갔다…….

하지만 그것을 미스 풍켈 선생님은 전혀 눈치채지 못했고 나만 보았다. 그 대신에 선생님은 문을 활짝 열어젖히고 손을 쭉 뻗으며 나가라는 손짓을 하면서 쉿소리를 냈다.

「네 물건 싸 가지고 꺼져 버려!」

내가 허둥지둥 밖으로 나오자 문이 부서질 듯한 소리를 내며 내 등 뒤에서 닫혔다.

나는 온몸이 떨렸다. 무릎이 너무나 떨려서 자전거를 타는 것은 고사하고 거의 걷지도 못할 지경이었다. 부들부들 떨리는 손으로 짐을 싣는 곳에 얹어 놓은 악보장을 잡고 자전거를 옆으로 밀면서 갔다. 그걸 밀고 가는 동안 말할 수 없이 참담한 생각들이 내 마음을 짓눌렀다. 나를 그렇게 혼란스럽게 만들고, 오한이 날 정도로 몹시 흥분하게 만들었던 것은 미스 풍켈 선생님의 난리 법석이 아니었다. 매 맞을 것과 집 밖으로 나오지 못하는 감금이 무서워서 그랬던 것도

아니었다. 뭔가를 두려워했던 것도 아니었다. 그런 것들보다는 이 세상 전체가 불공정하고 포악스럽고 비열한 덩어리일 뿐 다른 아무것도 아니라는 분노에 찬 자각 때문이었다. 그리고 그 못된 개의 잘못은 또 다른 문제였다. 모든 것이 다 문제였다. 어떤 예외도 없이 모든 것이 다 그랬다. 우선 제일 먼저 내게 맞는 자전거를 사주지 않은 우리 어머니가 원망스러웠고, 어머니를 그렇게 하도록 만든 아버지가 그랬으며, 선 자세로 자전거를 타야 하는 내 모습을 보면서 몰래 나를 비웃었던 누나와 형들도 마찬가지였다. 나를 구역질 나게 만들었던 하르트라웁 박사님 댁의 개똥도 그랬고, 호숫가 길을 꽉 메워 나를 늦게 도착하지 않을 수 없게 만들었던 산보객들도 그랬다. 푸가 형식으로 나를 괴롭히고 모욕을 느끼게 만든 작곡가 헤슬러도 그랬다. 말도 안 되는 억지로 내게 누명을 뒤집어씌우고, 올림 바 음 건반 위에 구역질 나는 코딱지를 붙여 놓은 미스 풍켈 선생님도 마찬가지였다……. 그리고 내가 딱 한 번 필요로 하였을 때 도와줄 것을 간청하였건만 비겁하게 침묵을 지키고 있다가, 어긋난 운명의 수레바퀴가 돌아가는 모양만 지켜보았을 뿐 다른 아무것도 하지 않았던, 세상 사람들이 자비롭다고 하는 하느님도 마찬가지였다. 내가 잘못되기를 바라는 그런 모든 것들에게 의리를 지킬 필요가 무엇이란 말인가? 이런 세상이 나와 무슨 상관이 있단 말인가? 이토록 비열한 세상에서 노력하며 살 필요가 없지 않겠는가? 나 말고 다른 사람들이나 그런 못된 악에 질식해

버리도록 두는 편이 더 낫지 않겠는가? 그런 사람들이나 잘 먹고 잘해 보라지! 나를 포함시키지는 말고 말이다! 나는 앞으로는 결코 그 사람들이랑 같이 어울리지 않으리라! 이 세상에 작별을 고하리라! 내가 스스로 목숨을 끊어 버리고 말겠다! 그것도 지금 당장!

그런 것들에 생각이 미치자 기분이 훨씬 가벼워졌다. 모든 역겨운 것과 잘못된 것을 다 일격에 격파하기 위해서 단지 〈나 스스로 삶과 작별을 고하기〉 ─ 그런 행동을 그렇게 고상하게 표현해도 된다면 ─ 만 하면 된다는 상상이 왠지 마음을 편안하게 위로해 주었다. 홀가분한 마음 때문에 눈물이 그쳤고, 온몸이 떨리던 것도 진정되었다. 세상에 다시 희망이 보였다. 다만 곧바로 실행에 옮기기만 하면 될 일이었다. 당장. 내게 다른 생각이 나기 전에 해치워야만 할 일이었다.

나는 페달을 힘차게 밟고 앞으로 달렸다. 윗마을 중간쯤까지 갔을 때 집으로 돌아가야 하는 길로 가지 않고, 호숫가 길에서 오른쪽으로 꺾어 들어가, 숲을 지나 언덕을 오르다가 덜컹거리며 들길을 지나, 변전소가 있는 방향으로 뻗어 있는 등하굣길을 택해 갔다. 그곳에 내가 알고 있는 것들 중에서 제일 큰 나무가 있었다. 덩치가 커다란 가문비 고목이었다. 그 나무에 올라가서 나무 꼭대기에서 떨어질 생각이었다. 달리 죽는 방법은 내 머리에 떠오르지 않았다. 물론 사람이 물에 빠진다거나, 비수에 찔리거나, 목을 매달거나, 질식하거나 심지어 전기로도 죽을 수 있다는 것을 알고 있기는 했다. 그 가운데 제일 마지막 방법에 대해서는 형이 조금 추상적으로 설명해 주었다.

「그런데 그렇게 해서 죽으려면 전기를 통하게 할 수 있는 매체가 있어야 해. 그것이 제일 중요한 거야. 그것 없이는 아무 일도 일어나지 않아. 만약 그렇지 않다면 전깃줄에 앉아 있는 새들이 다 즉사해서 떨어지겠지. 그런데 그렇지가 않거든. 심지어 네가 — 이론적으로는 10만 볼트 고압선에 목을 매달아도 너한테 아무 일도 일어나지 않을 거야 — 너에게 전기를 통하게 할 수 있는 매체가 없다면 말이야.」

형은 그런 것까지도 다 알고 있었다. 하지만 나는 전기라든가 그런 기구들을 이해하기조차 너무 어려웠다. 더구나 전기를 통하게 할 수 있는 매체가 어떤 것인지도 나는 알지 못했다. 그러므로 내가 생각할 수 있었던 것은 오로지 나무에서 떨어지는 것뿐이었다. 떨어지는 것이라면 경험이 있었다. 그리고 떨어지는 것이 무섭지 않았다. 내게 있어서 그것은 삶에서 벗어날 수 있는 유일한 방법이었다.

나는 자전거를 변전소 옆에 세워 두고 덤불 속을 헤치며 가문비나무가 있는 쪽으로 향했다. 그 나무는 너무 고목이라서 줄기 아래쪽으로는 잔가지가 없었다. 그래서 나는 먼저 그 곁에 있던 작은 소나무를 기어올라가 거기에서 그 나무로 건너갔다. 건너간 다음부터는 모든 것이 쉬웠다. 굵직하고 손으로 잡기 좋은 가지를 올라타며 꼭대기 쪽으로 기어올랐다. 그것은 마치 사다리라도 올라가는 것처럼 쉬운 일이었다. 한참을 그렇게 오르다가 머리 위에 있던 무성한 가지 사이로 갑자기 햇볕이 내리쬐고, 내 몸이 약간 휘청해진다는 것을 느낄 만큼 줄기가 가늘어진 부근에서 멈추어 섰다. 그곳은 꼭대기로부터 조금 떨어져 있던 곳이었는데, 거기에서 처음으로 밑을 내려다보니 발밑으로 솔잎과 나뭇가지와 솔방울들이 초록과 갈색으로 두텁게 깔려 있어서 더 이상 땅이 보이지 않았다. 그 자리에서 뛰어내린다는 것이 불가능하다는 생각이 들었다. 만약 굳이 뛰어내린다면 그것은 바로 눈 아래 있는 것처럼 느껴지면서 단단한 침대처럼 보여 사람의 눈을 속이는 구름 덩어리에 뛰어내려서 결국 어디로 떨어질지 모르는 짓을 하는 것과 마찬가지일 것 같았다. 하지만 나는 어딘지도 모르는 곳에 떨어지고 싶지는 않았다. 내가 어디로 어떻게 떨어지는지 보고 싶었다. 나의 추락을 모름지기 갈릴레이의 낙하 법칙에 아무런 방해 없이 적용받게 해야만 했다.

결국 나는 가지를 붙잡으면서 줄기를 타고, 아래쪽에 방해받지 않고 그대로 떨어질 수 있는 구멍이 어디에 있는지 살펴보면서, 약간 어두웠던 밑으로 다시 내려갔다. 가지를 몇 개 내려가자 정말 그런 곳이 나타났다. 마디가 많아서 울퉁불퉁한 뿌리에 떨어졌다가는 심한 충격으로 죽지 않을 수 없게 될 곳을 향하여 수직으로 깊게 파인 굴처럼 휑하니 뚫린 구멍이었다. 아무것에도 방해받지 않고 완벽하게 떨어지기 위해서는 뛰어내리기 전에 줄기로부터 몸을 아주 약간만 앞쪽으로 밀어내기만 하면 되는 지점이었다.

나는 나뭇가지 위에서 천천히 무릎을 꿇고 앉아 몸은 줄기에 비스듬히 기댄 채 숨을 몰아쉬었다. 그 순간이 되기 전에는 거기까지 찾아서 헤매는 것이 무척 힘든 과정이었기 때문에 내가 왜 무엇을 위하여 행동하고 있는지 생각할 겨를이 없었다. 하지만 결정적인 순간에 나로 하여금 그렇게 하도록 만들었던 갖가지 상념들이 다시 머릿속에 떠올랐고, 나는 사악한 세상과 그 안에서 사는 사람들에 대하여 갖은 험담과 욕설을 퍼부은 다음, 과연 내 장례식이 어떤 모습일지를 상상해 보기 시작했다. 아주 멋진 장례식이 되겠지! 교회 종이 울릴 테고, 파이프 오르간 소리가 울려 퍼지고, 윗마을에 있는 공동묘지는 수많은 조객들로 미어터지겠지. 나는 유리 관 속에 누워서 수많은 꽃 속에 파묻혀 있을 테고, 까만색 조랑말이 날 끌고 가면 사방에서 사람들의 통곡 소리가 요란하겠지. 부모님이 우실 테고, 누나와 형들도 울 테고, 우리 반 아이들도 울 테고, 하르트라웁 박사님 부인과 미스 풍켈 선생님도 울 테고, 멀리서 찾아온 친척과 친구들도 엉엉 울면서 그들 모두 손으로 가슴을 치며 소리 지르겠지.

〈엉엉! 그토록 사랑스럽고 소중한 아이가 우리 곁을 떠난 것은 우리 잘못이야! 만약에 우리가 좀 더 잘해 줬더라면, 너무 못되게 굴지도 않고, 잘못을 저지르지만 않았더라면, 그 착하고 사랑스럽고 소중하고 상냥했던 아이가 아직도 우리 곁에 살아 있으련만!〉 그리고 무덤가에는 카롤리나 퀴켈만이 서 있다가 내게 꽃 한 송이를 던지고는 마지막 시선을 꽂으며 너무나 고통스러워 허스키해진 목소리로 이렇게 말하겠지. 〈오, 내 사랑했던 사람아! 나의 유일했던 사랑아! 그 월요일에 같이 갈 것을!〉

너무나 황홀한 상상이었다. 그들에 대한 생각이 나를 아주 행복하게 하였다. 나는 나에 대한 칭찬 소리로 가득할 입관부터 문상객 접대에 이르기까지 갖가지 새로운 절차에 따라 행사를 치르는 상상을 계속해 보다가, 급기야는 스스로 너무 감격한 나머지 비록 눈물까지 흘리지는 않았지만 눈에 이슬이 맺히는 걸 느낄 수 있었다. 그것은 우리 집 근방에서 있었던 장례식 중에서 가장 멋진 장례식이었고, 앞으로도 10년 동안 사람들이 그것에 대한 슬픈 기억을 떠올릴 수 있을 만했다……. 단지 한 가지 안타까운 점이라면 내가 이미 죽어 있을 것이기 때문에 그러한 행사에 직접 참석하지 못한다는 점이었다. 그것은 안타깝게도 의심의 여지가 없는 사실이었다. 내 자신의 장례식이므로 나는 분명히 죽어 있을 것이다. 사람이 한 번에 두 가지를 다 가질 수는 없는 법. 세상에 대한 복수와 세상 안에서의 영생. 그래서 나는 복수를 택하기로 했다!

가문비나무의 줄기에서 몸을 뗐다. 오른손으로 줄기에 몸을 반은 의지하고 반은 떼어 내면서, 왼손으로는 내가 앉아 있던 가지를 꼭 잡은 채 서서히 1센티미터씩 바깥쪽으로 고

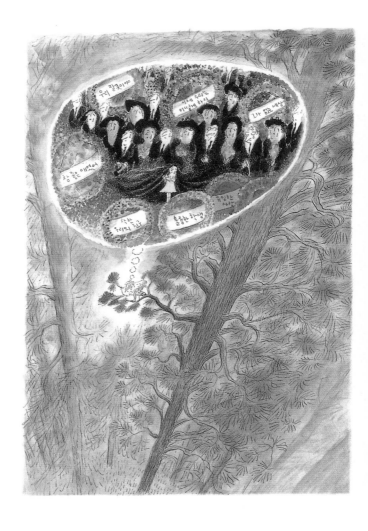

개를 내밀었다. 그러다가 줄기에 거의 손끝만 닿게 되었다……. 그다음엔 손끝마저 떼어 냈다……. 결국에 가서는 옆의 버팀목도 없이 새처럼 양손으로만 가지를 움켜잡은 채 서 있게 되었고, 내 밑은 땅까지 훵하게 뚫린 낭떠러지였다. 나는 아주 지극히 조심스럽게 밑을 쳐다보았다. 내가 눈으로 가늠해 본 거리는 높이가 10미터인 우리 집 지붕 꼭대기보다 세 배는 되어 보였다. 그러니 30미터가 되는 셈이었다. 갈릴레이 갈릴레오의 낙하 법칙에 따르자면 내가 떨어지는 데 걸리는 시간은 정확히 2.4730986초[2]였고, 땅바닥에 부딪치며 떨어질 때의 최종 속도는 시속 87.34킬로미터[3]가 되었다.

나는 아래쪽을 한참 동안이나 쳐다보았다. 깊은 구멍이 나를 유혹하였다. 정말 마력적인 힘으로 나를 끌었다. 내게 손을 흔들며 이렇게 속삭이는 듯했다. 〈어서 와, 어서, 와!〉 그것은 눈에 보이지 않는 끈 같았다. 〈어서 와, 어서 와!〉 아주 쉬운 일이었다. 누워서 떡 먹기였다. 아주 약간만 앞으로 기울이고, 아주 조금만 몸의 중심을 옮기기만 하면, 그다음은 저절로 진행될 일이었다……. 〈어서 와, 어서 와!〉

물론 할 생각이었다! 단지 언제 실행에 옮길 것인지만 결

---

2 공기 저항은 무시하였다.

3 물론 점 다음의 일곱째 자릿수까지를 나뭇가지에 앉아서 계산하지는 않았고, 시간이 한참 지난 나중에야 전자계산기의 도움을 받아 할 수 있었다. 낙하 법칙도 그 당시에는 단지 그 말만 들어서 알고 있는 정도였고, 정확한 의미나 수학적인 공식은 알지 못하였다. 그때의 내 계산 능력 수준으로는 내가 떨어지게 될 거리에 대한 가늠과 갖가지 경험에 근거하여 보았을 때 떨어질 시간이 제법 길다는 것, 그리고 그에 따라 부딪치는 속도가 대단히 클 것이라는 짐작만 할 수 있을 뿐이었다.

정하지 못했다! 아주 특별한 순간에, 어느 한 순간에! 나는 이렇게 무턱대고 스스로에게 말할 수가 없었다. 〈지금! 지금 하자!〉

결국 달리기 시합을 할 때나 물속에 뛰어들 때 하는 것처럼 셋까지 세다가 〈셋〉에서 뛰어내리기로 했다. 나는 숨을 크게 들이쉬고는 숫자를 세기 시작했다.

「하나…… 두울…….」

거기까지 세다가 눈을 뜨고 뛰어내릴 것인지 아니면 눈을 감고 할 것인지를 결정하지 못했기 때문에 갑자기 세는 것을 중단해야만 했다. 나는 잠시 생각해 본 다음, 눈을 감은 채 숫자를 세다가 〈셋〉 하는 순간에 눈을 그대로 감은 채 허공으로 몸을 날린 다음 떨어지는 순간에는 다시 눈을 뜨기로 결정하였다.

「하나…… 두울…….」

그때 뭔가를 두드리는 소리 같은 것이 났다. 길에서 나는 소리였다. 〈탁-탁-탁-탁〉 하는 뭔가 딱딱하고 리드미컬한 소리가 내가 숫자를 세는 속도의 두 배로 났다. 그래서 내가 〈하나〉 할 때 〈탁〉 소리가 났고, 〈하나〉와 〈두울〉 사이에, 〈두울〉과 그다음에 세기로 되어 있는 〈셋〉 사이에 — 미스 풍켈 선생님이 메트로놈으로 박자를 끊듯이 — 정확하게 〈탁-탁-탁-탁〉 하는 소리가 났다. 그 소리는 마치 내가 숫자를 세는 것을 흉내라도 내려는 것처럼 들렸다. 내가 눈을 뜨자 묘하게 그 소리도 그쳤다. 그 대신에 뭔가 민첩하게 지나가는 소리와 나뭇가지를 헤쳐 나가는 소리, 동물 같은 요란한 헐떡이는 숨소리만이 들렸다. 그리고 갑자기 좀머 아저씨의 모습이 30미터 밑에, 그것도 내가 뛰어내린다면 나만 떨어지는 것이 아니라 아저씨도 넘어지지 않을 수 없게 만드는 그런 수직적인 위치에 나타났다. 난 나뭇가지를 손으로 꽉 부여잡고 움직이지 않았다.

좀머 아저씨는 미동도 없이 서서 숨을 헐떡이며 몰아쉬고 있었다. 호흡이 어느 정도 가누어지자 아저씨는 갑자기 숨을 죽이더니 무슨 소리라도 엿들으려는 것처럼 고개를 돌려 사방을 살폈다. 그러고는 몸을 구부리더니 왼쪽 덤불 밑을 살피고, 키가 작은 나무들이 수풀을 이룬 오른쪽을 살피고, 인디언처럼 나무 주위를 슬쩍 돌더니, 다시 제자리로 돌아와, (위쪽만 빼고!) 사방을 다시 한번 살피고, 귀 기울여 보다가 아무도 자기를 따라오지 않고 있으며 먼 곳까지 한 사람도 보이지 않는다는 것을 확인한 다음 세 번의 빠른 동작으로 밀짚모자, 지팡이, 배낭을 벗어 놓고는 침대에 눕는 것처럼 길게 다리를 뻗고 나무뿌리 사이의 땅바닥에 드러누웠다. 그러고는 누워서 미처 쉬기도 전에 눕자마자 바로 일어서더니 깊은 한숨을 길게 몰아 내쉬었다. 아니 그것은 한숨이 아니었다. 한숨을 쉬면 뭔가 홀가분해지는 듯한 소리가 나지만 그것은 뭔가 고통스러운 신음에 가까웠고, 홀가분해지고 싶은 갈망과 절망이 엉켜서 가슴에서부터 배어나는 깊고 참담한 소리였다. 고통으로 괴로워하는 중환자가 내는 끙끙 앓는 소리같이 머리카락이 빳빳하게 서도록 만드는 그 애절한 신음 소리는 아저씨를 홀가분하게 해준다든가 아저씨에게 안식을 준다든가 단 1초라도 아저씨를 쉬게 하지 않았기 때문에 아저씨는 금방 다시 몸을 추스르며 일어났다. 그리고 배낭 속을 뒤적이다가 허겁지겁 버터 빵을 꺼내 들더니 납작한 물병도 꺼내고, 빵을 한 입 베어 물 때마다 마치 적이 숲에 깔려 있기라도 하는 듯, 혹은 어떤 포악한 미행자가 있어서 그 사람과 아저씨가 떨어져 있는 거리가 얼마 되지 않으며, 그 간격이 점점 좁혀지는 상황이어서 언제라도 그 사람이 그 자리에 나타나기라도 할 듯이 의심스러운 눈초리로 사방을 자꾸 살피며 빵을 먹었다. 아니 먹었다기보다는 마구 구겨서 입속으로 그것들을 밀어 넣었다. 눈 깜짝할 사이에 빵을 다 먹어 치운 뒤 물병의 물도 한 번에 입안으로 털어 넣었다. 그런 다음 몹시 허둥대며 허겁지겁 떠날 채비를 했다. 물병을 배낭 속에 집어넣고, 배낭은 자리에서 일어서면서 짊어지고, 지팡이와 모자를 꽉 움켜잡은 채 잰걸음으로 헐떡거리며 수풀 속으로 사라져 갔다. 뭔가를 스쳐 가는 소리와 나뭇가지를 헤쳐 나가는 소리 그리고 지팡이가 딱딱한 아스팔트를 두드리는 메트로놈 같은 소리가 큰길 쪽에서 빠른 속도로 멀어져 가며 이어졌다. 〈탁-탁-탁-탁-탁…….〉 난 가문비나무의 줄기를 꽉 끌어안으며 나뭇가지 위에 앉았다. 내가 어떻게 그 자리까지 되돌아갔는지는 나 자신도 모르겠다. 온몸이 부들부들 떨렸다. 오한이 났다. 낭떠러지로 떨어지고 싶은 생각이 갑자기 싹 가셨다. 웃기는 짓거리 같았다. 난 내가 어떻게 그런 바보 같은 생각을 했는지도 기억할 수 없었다. 그까짓 코딱지 때문에 자살하다니! 그런 어처구니없는 생각을 했던 내가 불과 몇 분 전에 일생을 죽음으로부터 도망치려고 하는 사람을 보지 않았던가!

좀머 아저씨를 그다음 번이자 마지막으로 본 것은 그로부터 5~6년쯤이 지난 후였다. 그사이에도 물론 하루 종일 돌아다니는 그를 큰길이나 호숫가의 수많은 오솔길이나 텅 빈 들판이나 숲에서 만나지 않을 수 없었기 때문에 본 적은 있었다. 그러나 그런 만남은 내게 별로 이상스럽게 생각되는 것이 아니었고, 나뿐만 아니라 다른 모든 사람도 그 아저씨를 너무나 자주 보아 왔기에 아저씨를 마치 눈에 익은 농기구를 보듯이 건성으로 보게 될 만큼 하나도 이상할 게 없는 만남이었다. 그것은 마치 매번 놀란 눈으로 쳐다보지도 않고, 큰 소리로 외치지도 않으며 하는 이런 말들과 마찬가지였다.

「저것 봐, 교회 종이 있네! 저기 학교 앞산 좀 봐! 저기 버스가 지나간다!」

그리고 아버지와 함께 일요일에 경마장에 가다가 아저씨

를 보면 나는 그냥 아버지와 농담을 주고받을 뿐이었다.

「저기 좀머 아저씨 간다. 저러다가 죽겠다!」

그럴 때 나는 내가 당장 눈으로 보고 있는 아저씨를 염두에 두고 그런 말을 한 것이 아니라 수년 전 우리 아버지가 이른바 틀에 박힌 빈말이란 말을 사용했던, 우박이 쏟아졌던 그날에 대한 기억을 떠올리며 그 말을 하곤 했다.

그 무렵 누군가의 입에서부터인가 인형을 만들던 아저씨의 부인이 죽었다는 소문이 있었지만, 정확히 언제 어디에서였는지는 아무도 몰랐을 뿐만 아니라, 어느 누구도 장례식에 참석하지 않았다. 아저씨는 더 이상 페인트칠장이 슈탕엘마이어 씨네 지하실에서 살지 않았고 ― 거기에서는 이제 리타가 남편과 함께 살았다 ― 그 집에서 몇 채 뒤에 있는 어부리들 아저씨네 집 다락방에서 살았다. 나중에 리들 아줌마에게서 들은 말에 따르면, 아저씨는 집에 아주 잠깐만 들러서 뭘 좀 먹을 것을 만들거나 차를 끓여 마시고는 이내 나갔다고 한다. 그렇게 나가고는 며칠씩 집에 오지 않는 경우도 있었고, 잠을 자러 오지 않는 경우도 있었다고 한다. 아저씨가 어디에 있었는지, 어디에서 밤을 보냈는지, 어디에서 잠을 자며 시간을 보냈는지, 잠을 잔 시간보다 더 많은 시간을 밤낮으로 이곳저곳을 헤매며 돌아다녔는지, 그런 모든 것을 아무도 알지 못했다. 그런 것들에 관심 있는 사람도 없었다. 사람들에게는 각자의 걱정거리들이 있었다. 그들은 자가용이나 세탁기 혹은 잔디밭의 스프링클러에 대해 걱정했어도 어느 늙은 별종이 어디에서 잠자리를 폈는지는 걱정하지 않았다. 사람들은 라디오에서 들은 말이나 텔레비전에서 본 것혹은 히르트 아줌마가 새로 문을 연 셀프서비스 가게에 대해이야기를 나누었지만, 좀머 아저씨에 대한 이야기는 하지 않았다! 좀머 아저씨는 가끔씩 사람들 눈에 띄기는 하였지만사람들의 의식 속에서는 존재하지 않는 인물이었다. 그는 사람들의 표현을 빌자면 세월 다 보낸 사람이었다.

하지만 나는 그렇지 않았다! 나는 세월의 흐름에 맞춰 성장해 나갔다. 그 무렵 — 적어도 내 생각으로는 — 최고의 시절을 보내고 있었고, 어떤 때는 내가 세월을 앞질러 가고 있다는 생각이 들기조차 했다! 키가 거의 170센티미터에 육박하고 있었고, 몸무게는 49킬로그램이었으며, 신발은 255밀리미터를 신었다. 학교는 고등학교에 올라갈 차례였다. 그림형제 동화집도 다 읽었고, 모파상의 작품도 반은 읽었다. 담배도 조금 피울 줄 알았으며, 오스트리아의 여왕에 관한 영화도 극장에서 두 편이나 봤다. 미성년자 관람 불가 영화도들어갈 수 있고, 부모를 동행하지 않고 혹은 보호자와 함께가지 않아도 밤 10시까지 유흥업소에 있어도 된다는 허가증인 〈16세 이상〉이라는 빨간 도장이 찍힌, 그렇게도 고대하던학생증을 받을 날도 얼마 남겨 놓지 않았다. 3차 방정식도풀 수 있게 되었고, 라디오 수신기의 수정 검파기도 조립할수 있게 되었으며, 『갈리아 전기』의 서두와 『오디세이아』의첫 줄을 달달 외워 말할 수도 있었다. 사실 마지막의 것은 내

가 그리스어를 한 단어도 배우지 않았는데도 불구하고 할 수 있었다. 피아노는 디아벨리나 끔찍스럽던 헤슬러의 곡은 더 이상 치지 않았고, 블루스나 부기우기 외에 하이든, 슈만, 베토벤 혹은 쇼팽처럼 유명한 작곡가의 곡들을 쳤고, 미스 풍켈 선생님이 가끔씩 난리 법석을 떨어도 냉정한 태도를 취할 수 있게 되었으며, 심지어 마음속으로 빙긋이 웃으며 그런 시간이 빨리 지나가 주기를 바라는 여유까지 생기게 되었다.

나무에 기어오르는 일도 거의 없었다. 그 대신 내 소유로 자전거도 한 대 갖게 되었다. 원래 형의 자전거였는데 손잡이가 경주용이라서 밑으로 휘어지고 기어가 3단까지 있었다. 그것을 타고, 나는 우리 집에서부터 미스 풍켈 선생님 집까지 가는 데 걸리는 최단 시간이었던 13분 30초를 12분 55초에 끊음으로써 — 내 손목시계로 재어 본 결과 — 35초 이상이나 단축하였다. 나는 정말 — 최고로 겸손하게 말해 보더라도 — 속도와 지구력뿐만 아니라 기교면에서도 눈부신 훌륭한 자전거 주자가 되었다. 손을 잡지 않고 타기, 손을 잡지 않고 커브 길을 돌기, 정지 상태에서 회전하기, 급브레이크로 방향 바꾸기 등을 할 수 있었고 회전으로 인해 생기는 효과들은 이젠 내게 아무런 문제도 야기하지 않았다. 심지어 나는 자전거를 타고 가다가 짐을 싣는 곳 위에 서서 달릴 수도 있었다. 사실 하나도 쓸모없는 짓이기는 했지만, 나로 하여금 말할 수 없는 신뢰를 갖게 한 〈기계적 회전 충격 보존력〉을 확실하게 인정하도록 만든 예술 행위였다. 자전거 타기에 대한 나의 의구심은 이론적으로나 실제적 측면에서 완전히 해소되었다. 나는 그야말로 열광적인 자전거 주자였고, 내게 있어서 자전거 타기란 날아다니는 것과 거의 다름없는 일이었다.

물론 내 인생의 그 시기에도 내 삶을 씁쓸하게 만드는 일이 있기는 하였다. 특히 따져 보자면, 첫째, 초단파로 송신되는 라디오 수신기를 마음대로 들을 수 없었기 때문에 목요일 밤 10시에서부터 11시까지 방송되는 재미있는 형사 드라마를 못 듣고, 그다음 날에야 등교 버스 안에서 내 친구 코르넬리우스 미헬한테서 제대로도 아닌 엉터리에 가까운 프로그램 내용을 뒤늦게 들어야만 했다는 점이었다. 그리고 둘째, 우리 집에 텔레비전 수상기가 없다는 점이었다. 〈텔레비전 수상기를 우리 집에 들여놓을 수는 없다〉라고, 주세페 베르디가 죽은 해에 이 세상에 태어난 아버지가 천명하였기 때문이었다. 〈왜냐하면 텔레비전은 집에서 음악을 연주하는 습성을 망쳐 놓고, 눈을 나쁘게 만들기도 하고, 가족생활을 마비시킬 뿐만 아니라 사람을 전반적으로 멍청이로 만들기 때문이다.〉[4] 안타깝게도 그 점에 있어서만큼은 어머니가 아버지의 주장을 반박하지 않았다. 그래서 난 최소한의 문화생활

---

4 1년 중에 유일하게 텔레비전이 시력을 나쁘게 만들지도 않고, 사람을 전반적으로 멍청하게 만들지도 않는 날이 딱 하루 있었는데, 그날은 7월 초 어느 날 함부르크 호른의 경마장으로부터 중계되는 독일 경마 대회가 있는 날이었다. 그날이 되면 아버지는 잿빛 중절모를 쓰고, 윗마을에 있는 미헬 씨네 집으로 가서 그곳에서 그 중계를 보곤 하였다.

을 즐기기 위해서, 예를 들자면 「엄마가 최고야」, 「래시」 혹은 「히람 홀리데이의 모험」 등을 보려고 코르넬리우스 미헬네 집을 종종 찾아가야만 했다.

공교롭게도 그런 프로그램들은 거의 전부 초저녁 시간대에 방영되어서 8시가 되어야 뉴스의 시작과 함께 끝났다. 하지만 나는 8시가 되면 손을 깨끗이 씻은 다음 식탁에 앉아 저녁 먹을 준비를 하고 있어야만 했다. 그렇지만 사람이 같은 시간대에 동시에 서로 다른 장소에, 더구나 자전거로 7분 30초나 달려야만 될 만큼 떨어져 있는 장소에 있을 수는 없는 일이므로 — 손을 닦는 것은 고사하고서라도 — 텔레비전을 보는 것은 내게서 의무와 욕구의 전통적 갈등을 야기하던 일이었다. 그래서 나는 프로그램이 끝나기 7분 30초 전에 자리를 털고 일어나 — 매번 극적인 클라이맥스를 놓쳐 버리고 — 집으로 가거나 혹은 끝까지 보고 앉아 있다가 결과적으로 저녁 식사 시간에 7분 30초 늦게 도착하여 어머니의 꾸지람을 감수하거나 텔레비전으로 인한 가족생활의 마비에 대한 아버지의 일장 훈계를 들을 각오를 해야만 했다. 사실 전체적으로 보았을 때 그 무렵의 내 생활은 그런 비슷한 일들로 인한 갈등의 점철이었던 것도 같다. 언제나 어떤 것은 반드시 해야만 하거나 도리상 해야 되거나 하지 말아야 된다거나 차라리 이렇게 했더라면 더 나았을 것이라든가……. 언제나 나는 뭔가를 해야 된다는 강요를 받았고, 지시를 받았으며, 기대를 저버리지 말아야만 했다. 이것 해! 저

것 해! 그것 하는 것 잊어버리면 안 돼! 이것 끝냈니? 저기는 갔다 왔니? 왜 이제야 오니? 항상 압박감과 조바심에 시달렸고 언제나 시간이 부족했고 무슨 일이든 항상 끝마쳐야 되는 시간이 미리 정해져 있었다. 그래서 아주 가끔씩만 편안한 시간을 누릴 수 있었다. 그 무렵에는……. 하지만 나는 지금 한탄에 빠져들면서 젊은 날의 어떤 갈등에 관한 이야기를 할 생각은 아니다. 그것보다는 빠른 손길로 뒤통수를 긁어 주고, 어쩌면 가운뎃손가락으로 그 문제의 자리를 가만히 몇 대 때려 주고는, 내가 본래 무엇을 이야기하고 싶었는지에 관해서 정신을 집중하여 좀머 아저씨와의 마지막 만남에 대해 쓰면서 이 이야기의 끝을 맺고자 한다.

그것은 코르넬리우스 미헬네 집에서 텔레비전을 본 다음 집으로 향하던 어느 가을날 일이었다. 그날의 프로그램 내용은 시시해서 시청자가 끝이 어떻게 맺어질지를 미리 알 수 있는 것이라 나는 저녁 식사 시간을 어느 정도 맞추기 위해 8시 5분 전에 미헬네 집을 나섰다.

어스름한 빛이 이미 들판에 가득 깔려 있었고, 서쪽에만 호수 위로 하늘에 잿빛이 조금 남아 있을 뿐이었다. 그 무렵 나는 우선은 자전거의 라이트에 — 전구나 갓 혹은 전선에 — 고장이 잦았던 것이 한 가지 이유였고, 다른 이유로는 발전기를 작동시키면 바퀴 회전이 엄청나게 방해를 받아서 집에까지 가는 데 걸리는 시간이 1분 이상 더 걸릴 수 있기 때문에, 그날도 불을 켜지 않은 채 자전거를 탔다. 사실 내게는 불빛이 필요하지 않았다. 그 길은 내가 자면서도 훤히 알 수 있는 길이었다. 그리고 캄캄한 밤중이라서 길가 울타리나 길 반대편의 덤불숲보다는 길이 더 까만색이었으므로 안전하게 달리기 위해서 가장 까만 곳만 달리도록 신경만 쓰면 아무 문제도 되지 않았다.

아무튼 나는 초저녁에 몸은 손잡이 쪽으로 잔뜩 구부린 채 기어를 3단에 놓고 귓전에 바람이 스치는 소리를 들으며 달렸다. 약간 서늘했고 습기가 차 있었으며 가끔씩 연기 냄새 같은 것이 났다.

집까지의 거리에서 정확히 중간되는 지점에서 — 뒤쪽의 무성한 숲과 붙어 있는 옛날의 자갈 채취장으로 인해 그 부근의 길이 호수와 약간 거리를 두고 굽어 있었다 — 자전거의 톱니바퀴에 연결된 쇠사슬이 풀려 버렸다. 그것만 제외하면 아무 무리 없이 작동되는 자전거에 수시로 발생하는 결함이었다. 원인은 너무 닳은 스프링이 쇠사슬을 적당히 팽팽하게 조여 주지 않았기 때문이었다. 그날 나는 사실 오후 내내, 결국 고치지도 못하면서 그것 가지고 온갖 씨름을 다했었다. 그래서 아무튼 자전거를 세우고 안장에서 내려 톱니바퀴와 보호대 사이에 끼워져 있던 쇠사슬을 풀어내어, 페달을 적당히 움직여 가면서 그것을 톱니바퀴에 다시 올려놓으려고 뒷바퀴가 있는 쪽으로 몸을 구부렸다. 그런 일은 어둠 속에서도 아무 문제없이 잘해 낼 정도로 너무나 익숙한 일이었다. 고치는 과정에서 생기는 한 가지 안 좋은 점이라면 손이 엉

망진창으로 더러워진다는 것이었다. 그래서 나는 쇠사슬을 톱니바퀴에 잘 건 다음 단풍나무 숲으로 가 커다란 마른 잎으로 손을 닦으려고 호수 쪽으로 나 있는 길가로 갔다. 그곳에서 나뭇가지를 하나 꺾자 호수 쪽으로 시야가 탁 트였다. 호수는 마치 큼직한 거울 같은 모습으로 거기 있었다. 그리고 호수 가장자리에 좀머 아저씨가 서 있는 모습이 보였다.

처음에 나는 아저씨가 신발을 신고 있지 않다고 생각했었다. 그런데 자세히 보니 물이 아저씨의 장화 위까지 차 있었다. 둑에서 몇 미터쯤 떨어진 곳에서 등은 나를 향하고, 산 너머에 여전히 남아 있던 마지막 노르스름한 햇빛이 한 줄기 비치는 반대편 둑이 있는 곳을 바라다보고 있었다. 아저씨는 그곳에 박아 놓은 말뚝 같았으며, 약간 구부러진 지팡이는 오른손에 들고 밀짚모자는 머리에 쓰고 있는 모습이 호수의 환한 수면에 검은색 실루엣처럼 보였다.

그러다가 갑자기 아저씨가 움직이기 시작했다. 한 발씩 한 발씩 발걸음을 떼어 놓으며 세 번째 발걸음을 내딛었다. 발걸음을 떼어 놓을 때마다 지팡이를 앞으로 옮겨 찍고, 뒤쪽을 단호히 물리치면서 호수 안으로 걸어 들어갔다. 마치 땅 위를 걷고 있는 것처럼 목적지를 향한 아저씨 특유의 고집스러운 성급함으로 호수 한가운데를 향하여 서쪽으로 반듯하게 걸어 나갔다. 그 부근의 호수 바닥이 평평한 편이었는지 아주 조금씩만 깊이가 더해 갔다. 20미터쯤 가자 물이 아저씨의 엉덩이 위까지 찼으며, 물이 어느새 아저씨의 가슴까지 차올랐을 때 아저씨는 둑에서 던진 돌이 날아갈 수 있는 곳보다도 더 멀리 나간 상태였다. 그렇지만 아저씨는 비록 물 때문에 속도가 떨어지기는 하였지만 여전히 쉬지도 않고 주저하는 기색도 없이 꿋꿋하게 거의 열정적으로 걸었고, 마침내는 앞을 가로막는 물을 좀 더 빨리 헤쳐 나가기 위해서 지팡이를 집어 던지고 양팔로 노를 저어 가며 앞으로 나갔다.

나는 둑 위에 서서 눈을 크게 뜨고 입을 벌린 채 아저씨를 뚫어져라 쳐다보았다. 그런 내 모습은 아마도 뭔가 짜릿한 긴장감을 주는 이야기를 들을 때 지을 수 있는 모습이었을 것이다. 나는 놀랐다기보다는 내가 보고 있는 것에 대해서 당혹스러웠으며, 엄청난 사건이 벌어지고 있다는 것을 파악하지도 못한 채 그대로 굳어 있었다. 처음에 나는 아저씨가 그곳에 서서 뭔가 잃어버린 것을 물속에서 찾으려 한다고 생각했었다. 하지만 누가 신발을 신은 채 물속에서 뭔가를 찾으려고 한단 말인가? 그러다가 아저씨가 다시 전진하였을 때 나는 이렇게 생각했었다. 이제 목욕을 하려는가 보다. 하지만 누가 밤에, 그것도 10월에 옷을 다 입은 채 목욕을 한단 말인가? 그리고 나중에 아저씨가 점점 더 깊은 곳으로 들어갈 때 이제는 아저씨가 호수를 걸어서 건너려고 한다는 터무니없는 한심한 생각조차 했다. 수영을 해서 가리라는 생각은 하지 않았다. 단 1초도 그럴 것이라는 생각은 안 했다. 좀머 아저씨와 수영은 전혀 어울리지 않았다. 그건 절대 아니었다. 수심이 100미터였고, 반대편 둑까지의 폭이 5킬로미터

인 호수의 바닥을 허겁지겁 걸어서 가로지르리라는 생각뿐이었다.

어느새 물이 아저씨의 어깨까지 차올랐고 다음으로 목까지 차올랐지만…… 여전히 아저씨는 호수 안으로 전진해 들어갔다……. 그러다가 아마도 바닥이 고르지 못해서였는지 아저씨의 몸이 불쑥 솟구치며 물이 다시 어깨까지 닿았다……. 그래도 아저씨는 그렇게 위로 솟구친 다음에도 멈추지 않고 계속 앞으로 나아가, 물이 다시 목까지 찼다가 목구멍까지 찼고 이어서 턱 위까지……. 그제야 나는 무슨 일이 일어나고 있는지 감을 잡을 수 있게 되었지만 움직이지도 않고 소리 지르지도 못했다. 〈좀머 아저씨! 정지! 뒤로!〉라고 소리치지도 않고, 다른 사람의 도움을 청하기 위해 그곳에서 황급히 뛰어가지도 않았으며, 아저씨를 구할 수 있는 배나 뗏목 혹은 구명용 공기 매트를 찾으려고 해보지도 않은 채 저 멀리에서 가라앉고 있는 작은 섬에서 한 번도 눈을 떼지 않았다.

그러다가 어느 한순간에 아저씨의 모습은 사라졌다. 밀짚모자만이 동그마니 물 위에 떠 있었다. 그리고 무지하게 길게 느껴졌던 30초 혹은 1분이 지난 다음 몇 개의 물방울이 부글부글 끓어오르는 것을 볼 수 있었을 뿐 더 이상 아무것도 보이지 않았다. 다만 밀짚모자만이 아주 천천히 남서쪽을 향해 떠내려가고 있었다. 나는 그것이 어둑어둑한 원경으로 사라지기 전까지 오랫동안 그것을 쳐다보았다.

좀머 아저씨가 없어졌다는 것이 알려지기까지에는 2주일이 걸렸다. 우선 제일 먼저 그것을 발견한 사람은 다락방의 월세를 받으려던 어부 리들 아저씨의 부인이었다. 좀머 아저씨가 2주일 동안 돌아오지 않자 그 아줌마는 슈탕엘마이어 아줌마에게 그 이야기를 했고, 슈탕엘마이어 아줌마는 히르트 아줌마에게 상의를 했고, 히르트 아줌마는 손님들에게 아저씨에 관해서 물어보았다. 그렇지만 좀머 아저씨를 봤다거나 어디에 있는지를 아는 사람이 아무도 나타나지 않았기 때문에 2주일이 더 지난 다음 리들 아줌마가 경찰에 실종 신고를 하기로 했고, 그 후 몇 주일이 지난 다음 신문에 아저씨를 찾는 작은 광고가 아무도 그 사람이 좀머 아저씨라는 것을 알아볼 수 없을 아저씨의 여권용 사진과 함께 나왔다. 사진에 좀머 아저씨는 검은색 머리에 숱이 많았고, 집요한 눈빛과 입술에는 확신이 차고 거의 뻔뻔스럽게까지 느껴지게 만드는 미소를 머금고 있었다. 그리고 그 사진 밑에 처음으로 좀머 아저씨의 온전한 이름이 적혀 있었다. 막시밀리안 에른스트 에기디우스 좀머.

잠깐 동안 좀머 아저씨와 아저씨의 비밀스러운 행각에 대한 말들이 동네에서 주요 화젯거리가 되었다.

「완전히 돌아 버렸을 거야.」

대부분의 사람들이 말했다.

「길을 잃어버리고 다시 집으로 가는 길을 못 찾았던 것이 분명해. 아마 그 사람은 자기의 이름이 무엇이고, 자기가 어디에 사는지조차 모르고 있을 거야.」

「다른 나라로 이민 갔나 봐.」

몇몇 사람들은 이렇게 이야기하기도 했다.

「폐소 공포증 때문에 우리가 살고 있는 유럽이 너무 작게 느껴져서 캐나다나 호주로 갔을 거야.」

「산속에서 길을 잃었거나 계곡에 떨어져 죽었을지도 몰라.」

어떤 사람들은 또 그렇게 말하기도 했다.

그러나 생각이 호수까지 미치는 사람은 한 명도 없었다. 그러다가 신문이 누렇게 변색되기 전에 좀머 아저씨에 대한 이야기는 수그러졌다. 그래도 어느 누구도 그를 그리워하지는 않았다. 리들 아줌마는 아저씨의 몇 가지 물건들을 지하실의 한구석에 몰아 놓았고, 그 방을 여름 행락객들에게 빌려주었다. 하지만 아줌마는 그런 사람들을 〈여름 행락객〉이

라고 부르지 않고, 〈여름〉이라는 말이 그녀에게는 다른 생각
이 들게 하기[5] 때문이라면서 〈도시 사람들〉 혹은 〈여행객〉이
라고 불렀다.

　나는 침묵을 지켰다. 한마디 말도 하지 않았다. 그날 저녁
아주 늦게 집에 도착하여 텔레비전의 나쁜 효과에 대한 일장
훈계를 들어야만 했을 때에도 내가 알고 있는 것에 대해서
단 한마디도 하지 않았다. 나중에도 역시 하지 않았다. 누나
에게도 하지 않았고, 형에게도 하지 않았으며, 경찰에게도
말하지 않았고, 심지어 코르넬리우스 미헬에게도 죽음에 대
해 한마디도 꺼내지 않았다…….

　내가 어째서 그렇게 오랫동안 또 그렇게 철저하게 침묵을
지킬 수 있었는지는 나도 모르겠다……. 하지만 그것은 두려
움이나 죄책감 혹은 양심의 가책에서 비롯된 것은 아니었다.
그것은 나무 위에서 들었던 그 신음 소리와 빗속을 걸어갈
때 떨리는 입술과 간청하는 듯하던 아저씨의 말에 대한 기억
때문이었다.

　「그러니 제발 나를 좀 그냥 놔두시오!」

　나를 침묵하게 만들었던 또 다른 기억은 좀머 아저씨가
물속에 가라앉던 모습이었다.

　5 좀머Sommer는 독일어로 〈여름〉이라는 뜻이다 — 옮긴이 주.

옮긴이의 말
좀머 씨의 삶은 무엇일까

어린 시절에 대한 추억은 누구에게나 빛깔이 고운 그림이 되어 평생토록 가슴 한구석에 소중하게 간직된다. 생각해 보면 아주 어린 시절에는 신기하고 새로우며 꿈같은 일들이 얼마나 많이 일어났던가! 한없이 높게만 보이던 파란 하늘, 고개를 잔뜩 뒤로 젖혀도 다 볼 수 없던 키다리 나무들, 끝없이 길게만 느껴지던 길들, 열 손가락으로 미처 다 세어 보기도 전에 굴속으로 빨려 들어가던 기차의 긴 행렬, 너무나 커 보여서 가늠조차 하지 못하던 부모님의 큰 키, 꿈속에서까지 입을 헤벌리고 침을 흘릴 만큼 꿀맛 같았던 알사탕의 맛……. 그 유년기에 아이들은 자신의 주변에서 끊임없이 일어나는 일들을 지식이나 문명에 의한 어떠한 편견도 없이 가만히 지켜보면서, 앞으로의 세상살이에 중요한 의미가 될 자연의 질서나 존재 가치 혹은 인생의 철학 등을 스스로 터득하게 되리라고 생각한다.

살아가면서 우리는 냉혹한 현실의 책무에 시달리고, 복잡한 논리에 얽매이고, 목표에 매달리고 또 스스로의 욕심에 포로가 되면서 순수함과 각자의 독창성이 빚어낸 고유의 인간성을 상실해 버리고 만다. 그래서 마음의 고향이라고 할 수 있는 유년기의 풋풋한 추억을 머릿속에 떠올릴 수 있게 만드는 파트리크 쥐스킨트의 글이 우리에게는 더없이 소중하고 사랑스러운 것이리라.

장편소설 『향수』로 이미 세계적 명성을 얻었으면서도 굳이 이곳저곳으로 은둔처를 옮겨 다니면서 철저하게 자신을 숨기고 살아가는 저자는, 일체의 문학상 수상을 거부하는가 하면 빈한할 정도로 간단하게 꾸며져 있는 집에 틀어박힌 채 언어의 연금술을 반복하고 있다는 정도로만 세상에 알려져 있다. 연약한 체격, 반들거리는 금발, 안경 너머로 보이는 총명한 눈빛을 소유한 그는 평소 유행에 한참 뒤떨어진 매우 낡은 스웨터를 입고 무슨 말 못할 걱정거리라도 있는 사람처럼 몸을 약간 앞으로 숙인 채 걷는다고 한다. 그는 개를 무서워하고 다른 사람이 운전하는 자동차를 탈 때면 신경이 예민해지면서 긴장하는가 하면, 〈약간 비위생적이다〉라는 느낌 때문에 다른 사람들과 악수조차 꺼리고, 햇빛을 싫어해 모든 창문을 가리고 사는 철저한 〈은둔자〉이기도 하다.

쥐스킨트는 슈타른베르거 호숫가의 암바흐에서 작가이자

번역가인 빌헬름 에마누엘의 장남으로 태어났다. 뮌헨 대학에서 역사학 공부를 마치고 파리에서 영화 시나리오와 단편들을 써왔다. 그때 그가 살던 방에는 하나밖에 없는 손님용 의자를 필요한 경우에 바닥에 내려놓을 수 있도록 밧줄로 천장에 매달아 놓았다는 재미난 에피소드가 있다. 거취를 숨기기 위해서 자신에 관한 약간의 정보라도 흘린 친구들과는 가차 없이 절교를 해버리는가 하면, 누군가 그의 작품에 대해 무슨 대화라도 할라치면 금방 질색하면서 몹시 사나운 표정을 짓는다는 그는, 독일에서 희곡으로 여전히 자주 공연되는 『콘트라바스』를 비롯하여 『향수』와 『비둘기』 그리고 『좀머 씨 이야기』와 같은 주옥같은 소설들을 세상에 발표하였다.

지나치게 합리적이고, 계산적이고, 비인간적으로 변해 가는 현실에서 그의 독특한 삶의 방식은 잊혀 가는 인간의 순수함에 대한 갈망이요, 힘없는 자의 현실 세계에 대한 무언의 항거가 아닐까 생각된다. 아마도 그렇게 철저하게 자신의 세계를 고수하려는 노력이 있었기에 독특한 시각으로 많은 독자에게 감동을 줄 수 있는 글들을 쓸 수 있었을 것이다. 이 책에서 쥐스킨트가 꼭 한 번 주인공 좀머 씨에게 자신의 목소리를 부여한 대목이 눈에 띈다. 〈그러니 제발 나를 좀 그냥 놔두시오!〉 처음으로 크고 분명한 목소리로 애원했던 좀머 씨의 소원은 분명 작가 자신의 바람이기도 하였을 터이다.

이 책의 내용은 너무나 보드라워서 읽는 사람으로 하여금 아무런 악한 마음 없이 세상을 선한 마음으로 볼 수 있도록, 천사처럼 착한 어린 시절로 되돌아가게 만들어 준다. 마치 신선한 공기를 만나면 그것을 힘껏 들이마시고 싶어 하듯, 책의 고운 회화적 이미지를 가슴속 가득히 품어 보고 싶도록 만드는 그런 책이다. 그리고 제법 많은 비중을 차지하는 책 속의 아름다운 삽화와 그것에 해당하는 글의 조화는 그림을 먼저 그려 놓고 그것에 맞추어 글을 썼다고 생각해도 전혀 무리가 없을 만큼 완벽하다. 과연 헤르만 헤세 이후 최고의 독일 작가로 평가받고 있는 파트리크 쥐스킨트의 역량을 유감없이 실감할 수 있는 걸작이다.

사실 이 책은 표면에 드러나 보이는 아름답고 고운 이야기로만 읽어 내리기에는 아쉬운 점이 없지 않다. 제2차 세계 대전 후의 시대 상황을 배경으로 쓰인 것으로 미루어 봐서 어쩌면 좀머 씨는 전쟁 등 그가 겪은 참혹한 경험 때문에 그렇게 두려움 속에서 피해 다니는 도망자가 되었을지도 모른다. 그리고 혹시 잔혹한 참상에 대한 답변을 듣게 되지 않을까 하는 우려 때문에 사람들은 그에 대해 자세히 알고 싶어 하지 않았을지도 모른다.

하지만 과연 좀머 씨의 삶은 무엇이고, 그의 죽음은 무엇을 의미하는 것일까? 죽음에 대한 두려움 때문에 평생 죽는 것으로부터 도망치는 것만으로 살며 지내다가 결국 아무 일도 해내지 못하고 그는 죽어 버렸다. 이승에 무수한 발자국만 찍고 다녔을 뿐, 사실 그는 아무런 흔적도 없이 애초에 자기가 왔던 곳으로 다시 되돌아가 버렸다. 그는 사는 동안 오로지 자신이 되돌아가게 될 죽음에 대해서만 줄곧 생각하고 자연의 회귀 질서에 철저하게 복종한 사람이다. 지독히도 순결하고, 극단적으로 완고하게 전생에서부터 저승까지 이어지는 인생길을 끝까지 〈걸어서〉 가버린 그가, 살았지만 살지 않았다고도 볼 수 있는 그가 나에게 던져 준 말은 아이러니하게도 〈살-아-라〉였다. 살아 있는 순간순간마다 정신과 육신이 혼연일체가 되어 참으로 살아 있는 자답게 깨어서 제대로 살아야겠다는 생각이 내 의식의 깊숙한 자락에서 꿈틀댔다.

지극히 순수한 동심으로 쓰인 아름다운 이 책이 평소에 책을 많이 읽는 사람이든 읽지 않는 사람이든, 나이가 많은 사람이든 어린 사람이든, 공부를 많이 한 사람이든 적게 한 사람이든, 누구나 각자의 상상과 사색의 깊이만큼 이해하더라도 모두 같은 크기로 좋아할 수 있는 책이라는 점에서 번역 작업이 대단히 즐거웠다. 아무쪼록 많은 사람이 나의 감동을 공감할 수 있게 되기를 진실로 바라마지 않는다. 끝으로 엄마의 작업을 웃음으로 도와준 성우와 성표에게도 감사의 마음을 전하고 싶다.

지은이 **파트리크 쥐스킨트** 전 세계적인 성공에도 아랑곳없이 모든 문학상 수상과 인터뷰를 거절하고 사진 찍히는 일조차 피하는 기이한 은둔자이자 언어의 연금술사. 소설가 파트리크 쥐스킨트는 1949년 뮌헨에서 태어나 암바흐에서 성장했고 뮌헨 대학과 엑상프로방스 대학에서 역사학을 공부했다. 어느 예술가의 고뇌로 가득한 모노드라마『콘트라바스』와 평생을 죽음 앞에서 도망치는 기묘한 인물을 그려 낸『좀머 씨 이야기』그리고 2천만 부의 판매 부수를 기록하며 유례없는 성공을 거둔『향수』등으로 알려졌다.『좀머 씨 이야기』는 한 소년의 눈에 비친 이웃 사람 좀머 씨의 수수께끼 같은 인생을 담담하면서도 섬세하게 그려 나간 한 편의 동화 같은 소설이다.

그린이 **장자크 상페** 가냘픈 선과 담담한 채색을 통해 인간의 고독한 모습을 서정적으로 표현하는 프랑스의 그림 작가. 1932년 보르도에서 태어난 상페는 르네 고시니와 함께 만든『꼬마 니콜라』가 대성공을 거두면서 널리 이름을 알렸다. 다른 작품으로는『랑베르 씨』,『랑베르 씨의 신분 상승』,『얼굴 빨개지는 아이』,『자전거를 못 타는 아이』,『진정한 우정』등이 있다. 파트리크 쥐스킨트와는『좀머 씨 이야기』뿐 아니라『승부』에서도 함께 작업하였다. 2022년 8월 향년 89세를 일기로 세상을 떠났다.

옮긴이 **유혜자** 스위스 취리히 대학교에서 독일어와 경제학을 공부하였다. 현재 30년 가까이 독일어를 우리글로 옮기는 작업을 하고 있다. 옮긴 책으로는『비둘기』,『마법의 설탕 두 조각』,『어쩌면 괜찮은 나이』,『나는 운동화가 없어도 달릴 수 있습니다』,『좋은 꿈을 꾸고 싶어』등 다양한 장르의 독일책 250여 권이 있다.

좀머 씨 이야기

발행일   1992년 11월 25일 초판   1쇄
　　　　 1999년 8월 25일 초판 48쇄
　　　　 1999년 12월 10일 2판   1쇄
　　　　 2018년 11월 30일 2판 62쇄
　　　　 2020년 4월 20일 신판   1쇄
　　　　 2024년 6월 15일 신판   9쇄

지은이   파트리크 쥐스킨트
그린이   장자크 상페
옮긴이   유혜자
발행인   홍예빈·홍유진
발행처   주식회사 열린책들

경기도 파주시 문발로 253 파주출판도시
전화 031-955-4000 팩스 031-955-4004
www.openbooks.co.kr

이 도서의 국립중앙도서관 출판예정도서목록(CIP)은 서지정보유통지원시스템 홈페이지(http://seoji.nl.go.kr)와 국가자료공동목록시스템(http://www.nl.go.kr/kolisnet)에서 이용하실 수 있습니다.(CIP제어번호:CIP2020011910)